eine Fremdsprache, wie Englisch, Französisch oder Russisch; für manchen vielleicht sogar noch schwerer als Chinesisch!

Wer das Buch liest, der wird erfahren, wie der Gruber Hansi so lebt, was er für Freunde hat, wovor er Angst hat, was er für Abenteuer durchsteht, was ihn freut, was ihn ärgert, und so ganz nebenbei können Stadtkinder erfahren, wie es auf dem Dorf und auf dem Bauernhof zugeht ...

... und die Landkinder werden vieles wiedererkennen aus ihrer eigenen Umgebung. Sie können vergleichen und sagen dann vielleicht manchmal: «Das gibt's doch nicht, bei uns ist das alles ganz anders!»

Aber es stimmt alles: Den Hansi gibt's wirklich (nur den Namen habe ich verändert, in Wirklichkeit heißt er Sepperl!).

Die Geschichten sind alle wahr, sie sind alle tatsächlich passiert. Aber weil es ein Datenschutzgesetz gibt, darf man nicht die echten Namen nennen. Namen sind auch Daten, und Daten müssen geheim bleiben. Nur ein einziger Name ist echt: Regensburg.

Rengschburg kannst du auf einer Landkarte oder in einem Atlas finden, wenn du den nördlichsten Punkt der Donau suchst. Und ein ähnlicher Ort wie Renzenbach liegt bestimmt auch ganz in deiner Nähe – mach mal die Augen auf!

Und noch was: Wer die Geschichten liest, der wird sehr schnell mitbekommen, daß Landkinder nicht

Der Hansi – wer das ist und wo der wohnt

Eigentlich heißt er Johannes. Aber alle rufen ihn Hansi, sogar seine Mamma und sein Pappa.
Hansi, das ist sein Rufname!
Johannes kommt ihm komisch vor, das gefällt ihm als Name überhaupt nicht. Wenn er sich vorstellt, daß ihm seine Freunde beim Fußballspielen zuschreien:
«Johannes, gib doch ab!»
«Johannes, Achtung, Hintermann!»
«Johannes, da bin ich, hierher, Flanke!»
Oder wenn sein Lehrer, der Herr Dobler, zu ihm sagte:
«Johannes, warum hast denn wieder so geschmiert?»
«Johannes, komm mal raus an die Tafel!»
Johannes. JO-HAN-NES. Jooooo-haaaaannnn-neeeessssss!
Das hört sich ziemlich blöd an für den Hansi. Er heißt HANSI! Schluß. Aus. Äpfel. Amen. Hansi, das ist er gewohnt, und dabei bleibt er.
Aber natürlich heißt er nicht nur Hansi. Neben seinem Rufnamen, seinem Vornamen hat er selbstverständlich auch noch einen Nachnamen, wie alle Leute. GRUBER heißt er mit Nachnamen. HANSI GRUBER steht auf allen seinen Schulheften vorn drauf. Und Gruber, das ist auch der Nachname

seiner Eltern. Und der GRUBER-Hof, das ist der Bauernhof seiner Eltern. Und im GRUBER-Hof wohnen sie auch, der Hansi, sein Pappa und seine Mamma.

Geschwister hat der Hansi keine. «Aber dafür haben wir zwölf Rindviecher im Stall!» sagt der Pappa vom Hansi immer.

Und acht Säue haben sie auch noch . . .

Und einen Haufen Hühner . . .

Und ein paar Enten . . .

Und so ungefähr acht Katzen . . .

. . . und?

Ja, da wären noch die Hasen vom Hansi. Aber von denen wird noch in einer Geschichte die Rede sein. Die Hasen, die gehören dem Hansi nämlich ganz allein, die gehen nur ihn was an, sonst niemand!

Der Pappa vom Hansi arbeitet meistens draußen auf dem Feld: ackern, eggen, säen, Futter mähen für die Tiere, Stroh heimfahren vom Mähdreschen, Odel (Jauche) oder Mist aufs Feld fahren . . . Die Arbeit geht ihm nie aus, wenn er mit irgendwas fertig ist, kann er mit was anderem wieder von vorn anfangen.

Die Mamma versorgt daheim die Tiere im Stall. Sie füttert die Schweine, die Hühner, die Enten und Kühe. Sie muß die Ställe ausmisten und dann den Tieren wieder frisches Stroh als Unterlage bringen. Das dreckige trägt sie hinaus auf den Misthaufen. Und wenn der Misthaufen recht hoch geworden ist, dann lädt der Pappa Mist auf den Miststreuer – das ist eine Maschine, die den Mist auf den abgeernteten Feldern verteilen kann.

Aber die Mutter muß sich nicht nur um die Tiere im Stall kümmern. Auch die Arbeit im Gemüsegarten gehört ihr und die Hausarbeit: Kochen, Saubermachen, Geschirrspülen, Bettenmachen ... Die Arbeit geht ihr nie aus, wenn sie mit irgendwas fertig ist, kann sie mit was anderem wieder von vorn anfangen.

Der GRUBER-Hof liegt ein bißchen außerhalb vom Dorf.

Das Dorf heißt Renzenbach.

Von Renzenbach bis zur nächsten Stadt sind's ungefähr 10 Kilometer. Und die Stadt heißt Regensburg.

Manchmal fährt der Hansi mit seinen Eltern in die Stadt zum Einkaufen. Weil's dort viel, viel mehr Geschäfte gibt. Wenn sie in die Stadt fahren, dann sagen sie aber nicht:

«Heut fahren wir nach Regensburg!»

In der Sprechsprache, in der Mundart von Renzenbach heißt das:

«Heit fahr ma r auf Rengschburg!»

Alle Wörter werden anders ausgesprochen, als man sie schreibt. Und das ist bestimmt nicht nur in Renzenbach so.

Gruber schreibt man zwar Gruber, aber gesprochen wird: *Gruaba.*

Der Pappa heißt zwar Karl, aber alle sagen *Kare* zu ihm.

Die Mamma heißt Maria, und jeder sagt *Maare* zu ihr.

Kartoffeln schreibt man zwar Kartoffeln, aber alle Leute im Dorf sagen *Erdäpfln* dazu.

Zum Getreide sagen sie *Troad*.

Zu den Rüben sagen sie *Ruam*.

Zu den Bäumen *Baam*.

Zum Bach *Booch*.

Und so weiter.

Da kannst dir bestimmt vorstellen, daß das dem Hansi öfter mal so richtig stinkt; denn wenn er in der Schule irgendwas so schreibt, wie er's vom Sprechen her gewohnt ist, dann ist das meistens ein dicker Rechtschreibfehler. Und wem graust's nicht vor den roten Strichen im Diktatheft!

Und weil die Stadt Regensburg *Rengschburg* genannt wird, heißt das Dorf Renzenbach auch nicht Renzenbach. Das heißt bei den Leuten hier *Renzabooch*.

Jetzt weißt du schon eine ganze Menge vom Hansi, stimmt's?

Also: Der Hansi heißt mit Nachnamen *Gruaba* und wohnt zusammen mit seinen Eltern im *Gruaba*-Hof *z Renzabooch*. Und *Renzabooch is grad 10 km vo Rengschburg weg*.

Aber keine Angst. Die Geschichten in dem Buch hier werden in der Schriftsprache erzählt – nicht in der Mundart, denn die wär ja fast so schwer zu lesen wie dümmer und nicht gescheiter sind als Stadtkinder. Wir schütteln uns ganz kräftig, und die Vorurteile fallen ab: Was heißt da «Bauernbüffel»!

Futschikago – Die graue Katz ist weg

Die Kühe vom Gruber-Hof kriegen jeden Tag in der Früh frisches Gras als Futter. Nur im Winter, wenn der Schnee über den Feldern liegt, dann gibt's Heu.
Im Frühling, im Sommer und im Herbst aber fährt der Pappa jeden Tag in aller Herrgottsfrüh mit dem Bulldog hinaus und mäht ein Stück von der Wiese. Immer einen Ladewagen voll Gras – das langt gerade einen Tag lang für zwölf Rindviecher. An den Samstagen mäht der Pappa ein bißchen mehr, damit er am Sonntag länger schlafen kann. Einen Tag alt darf das Gras schon einmal sein.
Im Winter darf der Pappa jeden Tag lang schlafen. Nein, lang, das ist schon wieder übertrieben. Eine Stunde länger halt, denn die Stallarbeit muß Sommer wie Winter gemacht werden.
Während der großen Ferien darf der Hansi mitfahren zum Futterholen – wenn er Lust hat.
Manchmal hat er schon Lust. Da weckt ihn dann der Pappa in der Früh um fünf auf. Dann trinken sie mit der Mamma zusammen eine große Tasse heiße Milch. Danach läßt der Pappa den Bulldog an – und auf geht's.
«Friert's dich?» fragt der Pappa den Hansi. «Dann wickel dich doch in die alte Decke da.»
Den Hansi schüttelt's vor Kälte. Drum sagt er gar nichts und verschwindet völlig unter seiner Decke.

Ringsum ist alles noch feucht vom Tau. Die Vögel fliegen erschreckt davon, wenn sie den Bulldog kommen hören.

Bei der Wiese angelangt, sagt der Pappa zum Hansi: «Geh, steck einmal das Kabel vom Ladewagen aus, den lassen wir gleich hier vorn stehen.»

«Wird erledigt!» Der Hansi ist jetzt froh, daß es was zu tun gibt, da wird's ihm gleich warm werden.

Der Pappa steigt auch vom Bulldog und läßt den Mähbalken herunter. Der Mähbalken ist an der rechten Seite vom Bulldog befestigt. Er funktioniert ungefähr so wie ein ganz breiter Rasierapparat oder wie eine riesige Haarschneidemaschine vom Friseur. Innen drin ist ein großes, scharfes Messer, das fetzt immer hin und her und schneidet das Gras ab.

«Früher, wie es noch keinen Mähbalken gegeben hat, da hab ich alles mit der Sense mähen müssen», erklärt der Vater dem Hansi, «das war schon viel, viel anstrengender, das kann ich dir sagen!»

Mit dem Mähbalken geht es wirklich einfach. Der Pappa fährt mit dem Bulldog bloß ganz langsam über die Wiese. Einmal rauf, einmal runter – das reicht für einen Tag. Und der Hansi darf mitfahren. Er hockt auf dem Beifahrersitz und schaut hinunter auf das hohe Gras ...

«Zazazazazaza-zazazazazaza-zazazazazazaa ...» Die Grashalme, alle Wiesenblumen: Glockenblumen, Margeriten, Löwenzahn, Klee ... «Zazazazazaza-

zazazazazaza-zazazaza ...» Der Reihe nach kippt alles um und bleibt flach auf dem Boden liegen.

Oft sieht man aufgeschreckte Tiere davonspringen: Hasen, Rehe, Fasanen, Rebhühner. Die haben ihr Versteck im hohen Gras der Wiese. Vielleicht suchen sie auch bloß etwas zum Fressen und erschrecken, wenn der Bulldog daherscheppert. Und dann nichts wie weg!

Plötzlich erschrickt auch der Hansi: «Halt, Pappa, halt, die graue Katz!»

«Was sagst? Die Katz?» Der Pappa bremst sofort. Der Bulldog bleibt stehen.

Alle zwei steigen herunter und halten Ausschau nach der grauen Katz.

«Hoffentlich ist die nicht vom Mähbalken erwischt worden!» meint der Hansi besorgt.

Der Pappa sagt gar nichts. Aber er denkt bestimmt das gleiche wie der Hansi. Doch wie sie auch schauen und suchen: die Katze ist nirgends zu sehen.

Der Pappa geht zum Mähbalken und schaut sich den genauer an. «Auweh, da schau her, da pickt Blut dran!»

«Und Katzenhaare hängen auch dabei», sieht der Hansi sofort.

«Also doch!» sagt der Pappa.

«Meinst, es ist schlimm, Pappa?» will der Hansi wissen.

Sie suchen noch einmal die ganze Wiese ab. Keine Katze weit und breit.

«Meinst, es ist schlimm?» fragt der Hansi wieder.

«Ich weiß nicht, Hansi, ich weiß bloß eins, daß sich Viecher verkriechen und verstecken, wenn sie verletzt sind und ...»

«Was – und?»

«Na ja, wenn die Viecher merken, daß sie sterben müssen.»

Aber wie er sieht, daß dem Hansi schon ein paar Tränen gekommen sind, fügt er schnell hinzu: «Manchmal heilen aber die Verletzungen auch wieder. Dann kommen die kranken Viecher nach drei, vier Wochen wieder aus dem Versteck raus, und alles ist, wie wenn nix gewesen wär.

Und Katzen, heißt's, die haben sieben Leben, weil sie so zäh sind, daß ihnen so schnell keine Verletzung was ausmacht!»

Der Hansi wird ganz still und wünscht sich fest, daß die Katze es übersteht und daß sie nach drei, vier Wochen wieder aus ihrem Versteck herauskommt.

Danach mäht der Pappa den Wiesenstreifen fertig, und sie hängen den Ladewagen wieder an. Das ist ein Wagen mit einer Vorrichtung, die das Gras automatisch auf die Ladefläche befördert.

«Weißt noch voriges Jahr, wie wir den Ladewagen noch nicht gehabt haben, da hab ich immer das ganze Gras mit dem Rechen zusammentun müssen. Und du bist mit dem Bulldog stückerlweis weitergefahren, damit ich aufladen hab können», erzählt der Pappa.

Der Hansi kann sich schon noch erinnern. Drum kann

er ja den Ladewagen überhaupt nicht leiden, denn seit sie den haben, darf er nicht mehr den Bulldog fahren. Und überhaupt interessiert ihn das im Augenblick nicht im geringsten. Kann sich ja jeder vorstellen warum.

Wegen der grauen Katz natürlich. Die geht ihm einfach nicht aus dem Kopf. Was wird ihr denn bloß fehlen...?

Lang nach den Sommerferien, ungefähr ein Vierteljahr später, passiert folgendes:

Nach dem Mittagessen schreit der Pappa: «Komm mal mit mir, Hansi, ich muß dir was zeigen!»

Dann nimmt er ihn mit hinauf in den Dachboden.

«Was willst mir denn zeigen, Pappa?»

«Wart nur, wirst es gleich sehen!»

Der Pappa schiebt den Deckel einer Kiste beiseite. Und dem Hansi bleibt vor Staunen der Mund offen stehen. Er wundert sich nicht schlecht, als er vor sich die graue Katz liegen sieht.

«Ja, wo gibt's denn so was! Das ist ja die graue Katz! Die wir mit dem Mähbalken erwischt haben. Pumperlgesund!» Der Hansi könnte hüpfen vor lauter Freude. Die beiden gehen näher hin. Der Pappa zeigt dem Hansi, wo es die Katze damals erwischt hat.

«Da schau her, ein Stückerl von der linken Hinterpfote hat ihr der Mähbalken abgeschnitten!»

«Macht ihr das was aus, Pappa?»

«Nix macht's ihr aus, schau's doch an!»
Die nächsten Wochen beweisen das auch: Es macht ihr wirklich nichts aus. Sie kann zwar nicht mehr gar so verrückt herumrennen wie vorher und humpelt ein bißchen. Aber zum Mäusefangen langt's. Sogar mit den Ratten nimmt sie es noch auf. Und mit dem Hund vom Nachbarn auch.

«Weißt, wie ich sie jetzt nennen werd, Pappa?»

«Wie soll ich das wissen?»

«Futschikago nenn ich sie, weil sie so lange futsch gewesen ist.»

Da muß der Pappa lachen.

Aber noch mehr muß der Hansi lachen, als ihm der Pappa einige Monate später die fünf jungen Futschikagerln zeigt.

«Das gibt's ja echt nicht, hat das Luder auch noch Junge gekriegt!»

«Die wird älter als alle andern Katzen, wirst sehen», sagt der Pappa.

Und so lang wie der Hansi lebt, so lang wird die Futschikago seine Lieblingskatze bleiben, das steht fest.

Zwei Baustellenteufel

Neuerdings ziehen viele Stadtleute aus Regensburg heraus nach Renzenbach. Aus den *Rengschburgern* werden *Renzaboocher*.

«Denen stinkt's in der Stadt zuviel», meint der Pappa vom Hansi.

Aber viele kommen auch, weil sie sich ein eigenes Haus bauen wollen. Und wer ein eigenes Haus bauen will, der braucht zuerst ein Grundstück, einen Bauplatz. Und weil in der Stadt drinnen die Bauplätze viel zu teuer sind, drum gehen die Leute dorthin, wo sie weniger kosten.

Aufs Land eben. Ins Dorf. Nach Renzenbach.

In Renzenbach ist viel Platz.

In Renzenbach gibt's noch viele billige Bauplätze.

Dem Hansi ist das ziemlich Wurscht. Die Neubausiedlung am anderen Dorfende ist weit weg vom *Gruaba*-Hof. Dort kommt der Hansi selten hin.

«Was soll ich denn dort? Ich seh's doch vom Auto aus, wenn wir in die Stadt fahren. Nix los!» meint er.

Und der Pappa gibt ihm recht: «Kein Baum zum Raufklettern, nix, keine Viecher, bloß Bauschutt, bloß lauter halbfertige Häuseln, die alle gleich ausschauen.»

Aber eines Tages wird sich diese Meinung beim Hansi ändern, und das kommt so:

An einem Septembertag, die Schule hat gerade wieder begonnen, da trifft der Hansi den neuen Buben aus seiner Klasse.

Franzi heißt er. Und sein Vater, der ist Polizist von Beruf. Der fährt mit einem pfundigen Funkstreifenauto in der Stadt rum.

Mit Nachnamen heißt der Franzi Radlmeier. Und die ganze Familie Radlmeier ist jetzt nach Renzenbach gezogen. Sie haben draußen in der neuen Siedlung ein Haus gebaut.

Alle Kinder in der Klasse hätten den Franzi gern zum Freund – wegen dem Polizistenvater. Alle hoffen insgeheim darauf, daß sie vielleicht in diesem Funkstreifenwagen vom Herrn Radlmeier mitfahren dürfen. Etwa gar mit Blaulicht ...! Das wäre schon eine Sache ...!

Aber bloß weil man mit dem Buben von einem Polizisten in dieselbe Klasse geht, ist man noch lange nicht sein Freund. Da muß schon der Zufall zu Hilfe kommen, sonst wird im Leben nichts aus so einer Freundschaft.

Beim *Gruaba*-Bauern, das weiß jedes Kind in *Renzabooch*, da gibt's im Herbst immer *Erdäpfln* zu kaufen. Da kommen alle möglichen Leute und nehmen ein oder zwei Zentner Kartoffeln im Kofferraum von ihrem Auto mit heim.

An diesem Septembertag also kommt auch der Herr Radlmeier mit seinem Sohn auf den *Gruaba*-Hof zum Kartoffelnholen.

Aber nicht mit dem Funkstreifenauto! Die Familie Radlmeier hat nämlich auch ein Privatauto, das gehört ihnen ganz allein. Und der Funkstreifenwagen, der gehört der Polizei, damit darf der Herr Radlmeier bloß fahren, wenn er im Dienst ist.

«Das wär ja noch schöner, wenn die Polizisten mit dem Polizeiauto rumfahren, wann und wo es ihnen paßt», meint der Herr Radlmeier.

Und während der Pappa sich mit dem Herrn Radlmeier unterhält, wird es den beiden Buben bald zu langweilig.

Der Hansi schaut den Franzi an.

Der Franzi schaut den Hansi an.

Da hat der Hansi eine Idee: «Soll ich dir unseren Stall zeigen und unsere Viecher?»

«Ui ja, das wär pfundig, da bin ich gleich dabei!» Logisch, daß das dem Franzi paßt, er kommt ja sonst nie auf einen Bauernhof.

Und als der Herr Radlmeier heimfahren will, ist der Franzi verschwunden.

«Franzi, komm, heimfahren! Franzi, wo bist denn?»

Droben im Heu, in der Scheune ist er. Der Hansi zeigt ihm gerade sein geheimstes Versteck. Ein Versteck, das er noch niemandem gezeigt hat. Nicht einmal dem Pappa.

Der Bauernhof gefällt dem Franzi unheimlich gut. Kein Wunder, daß er sich so schnell mit dem Hansi angefreundet hat. Das muß einfach eine gute Freundschaft werden:

Der Hansi hat einen Pappa mit Bauernhof.

Der Franzi hat einen Pappa mit Funkstreifenauto.

Dem Hansi gefällt das Funkstreifenauto.

Dem Franzi gefällt der Bauernhof.

In der Schule stecken sie von dem Tag an immer wieder die Köpfe zusammen, der Hansi und der Franzi. Immer wieder haben sie wichtige Geheimnisse zu besprechen.

Manchmal kommt nun der Franzi am Nachmittag mit dem Radl zum Hansi zum Spielen.

Manchmal kommt der Hansi zum Franzi in die Siedlung zum Spielen.

In der neuen Siedlung gibt es viele Baustellen, wo während der Woche kein Mensch zu sehen ist. Die meisten Leute bauen ihre Häuser selber. Die haben nur nach Feierabend, hauptsächlich aber am Samstag Zeit, sich um ihren Bau zu kümmern. Während der Woche müssen diese Leute arbeiten, müssen sie Geld verdienen, damit sie die Baumaterialien, die neuen Möbel, die neue Badezimmereinrichtung und vieles mehr bezahlen können.

Logisch, daß sich der Hansi und der Franzi während der Woche gern auf diesen Baustellen herumtreiben.

Da kann man eine Menge interessanter Sachen finden:

Nägel, Kabel, Drahtreste, schöne kleine Holzbrettchen, Blechschachteln, Reste von Teppichböden, einzelne Badfliesen, abgeschnittene Eisen- und Kupferrohre von der Wasserleitung und noch viel, viel mehr so pfundige Sachen, wo die beiden oft gar nicht wissen, was das ist oder was sie damit anfangen könnten.

Die meisten Sachen bringen sie zum Haus von Franzi. Dort verstecken sie sie unten im Keller.

«Da sind sie sicher!» meint der Franzi.

«Ein richtiges Geheimlager!» sagt der Hansi.

Eines Tages finden sie auf einer der Baustellen eine volle Zündholzschachtel.

«Ou, sauber, da machen wir uns ein Lagerfeuer!» Der Franzi ist hellauf begeistert.

Aber der Hansi will ihn bremsen. «Nein, wart doch!» Sein Pappa hat ihm das Zündeln streng verboten. «Was da alles brennen könnt! So viele Bauernhöfe sind schon abgebrannt, weil Kinder gezündelt haben!»

«Geh, Schmarrn, solche Siedlungshäuser sind doch kein Bauernhof! Schau doch hin: alles Stein, hinten und vorn, alles bloß Stein und Beton. Und Steine brennen doch nicht, hast du das noch nie gehört?» will ihn der Franzi überreden.

«Ich bin doch nicht blöd», gibt der Hansi zurück.

«Also dann, komm, sei kein Feigling, wir holen uns *Erdäpfln* vom Feld da drüben und braten's am Lagerfeuer!»

«Na ja», sagt der Hansi und spürt, wie er innen drin

umkippt. Ein Feigling, nein, das will er nicht sein. Und schon hat er genickt und macht mit.

Zuerst graben sie die Kartoffeln aus, drüben auf dem Feld. Danach tragen sie auf der Baustelle, wo sie die Zündhölzer gefunden haben, einen Haufen Brennmaterial zusammen: lauter Reste vom Bauholz, kleine Brettchen, alte Pappe von einer Kühlschrankschachtel und Papier von Zementsäcken.

Und weil sie Angst haben, daß sie erwischt werden – daß es verboten ist, weiß ja jedes Baby –, trauen sie sich nicht, den Haufen im Freien aufzuschichten. Sie tragen das ganze Brennmaterial in den Keller vom Rohbau und bauen es auf wie einen Scheiterhaufen.

Nicht lange, dann sind sie fertig. Der Franzi nimmt die Zündholzschachtel und will den Stoß anzünden.

«Verflixt, Sackl Zement, Mist elender!»

«Was ist denn?»

«Verdammt, brennen tun's nicht!»

«Vielleicht sind's feucht...?»

«Das wird's sein!»

Der Hansi atmet auf. Vielleicht wird's doch nichts mit dem Feuer. ‹Gott sei Dank›, denkt er – zu sagen traut er sich's nicht. Was soll denn dann der Franzi von ihm denken. Der würde ihn höchstens auslachen und verspotten.

Der Franzi hat schon fast alle Hölzer abgerieben. Plötzlich zischt es. Eine Flamme packt das Papier vom Zementsack. Im Nu brennt das ganze Papier.

Gleichzeitig aber fängt das Feuer fürchterlich an zu rauchen. Das Holz und die Pappe, alles ist zu feucht.

«Das qualmt ja gräßlich!» Der Hansi hält sich die Hand vor Nase und Mund.

Der Franzi will etwas unternehmen, will das Feuer mit den Füßen austreten. Aber er schafft es nicht. «Das raucht ja noch viel mehr!»

«Wir müssen's löschen!» schreit der Hansi und kriegt gleich darauf einen neuen Hustenanfall.

Dicke Rauchschwaden füllen den ganzen Kellerraum. Der Franzi beginnt auch zu husten. «Wasser brauchen wir, Wasser!» keucht er.

Sie rennen hinaus. Beide haben schreckliche Angst, daß das ganze Haus abbrennen könnte.

Von draußen sehen sie, daß der Rauch ganz dick aus den Kellerfenstern kommt.

Der Franzi findet eine leere Heringsbüchse.

«Die haben bestimmt die Maurer bei der Brotzeit weggeschmissen», meint der Hansi.

«Red nicht lang rum, such dir auch irgendwas zum Wasserschöpfen!» schreit der Franzi ihn an, weil der Hansi wie angewurzelt dasteht und auf die Kellerfenster starrt.

Da packt er einen Joghurtbecher und schöpft wie der Franzi Wasser aus einer Dreckpfütze.

Dann rennen sie zurück in den Keller und schütten das Wasser ins Feuer.

Rauch ist gar kein Ausdruck mehr für das, was jetzt

den Keller füllt. Der Hansi hustet wie noch nie. Der Franzi hustet wie noch nie. Beide wollen hinausrennen. Aber sie finden den Ausgang nicht.

Plötzlich ertönt eine fremde Stimme: «Hundsdracken, elendige Hundsdracken!» Ein Arm packt den Hansi und zerrt ihn aus dem Keller.

Noch eine Stimme ist zu hören: «Beinah hätten wir die Feuerwehr angerufen wegen euch, Himmelherrschaftseiten!» Ein Arm packt den Franzi und zerrt nun auch ihn aus dem Keller.

Die beiden Buben reiben sich die tränenden Augen. Wenn ihnen der Rauch noch nicht das Wasser in die Augen getrieben hat, dann ist es die verdammt blöde Lage, in der sie sich jetzt befinden.

Sie haben zwei Männer in blauen Handwerkeranzügen vor sich.

«Wem gehört's denn ihr?» schreit der eine den Franzi an.

Der andere rennt mit einem Kübel voller Sand in den Keller. Er will das Feuer nun richtig löschen, damit nichts mehr passieren kann.

Der Hansi zittert am ganzen Leib.

Der Franzi weint jetzt laut.

«Radlmeier. Radlmeier Franzi», stottert er.

«Der Radlmeier-Bub, aha!» sagt der Mann, der gerade mit dem Sandkübel aus dem Keller zurückkommt.

Dann gehen sie alle zusammen zur Mutter vom Franzi.

‹Der Herr Radlmeier ist Gott sei Dank nicht daheim›,

denkt sich der Hansi. Die Polizei will er jetzt lieber nicht sehen.

Aber es ist auch so nicht besonders angenehm.

Die beiden Männer erzählen alles der Frau Radlmeier. Und die Frau Radlmeier ist ganz wild und schimpft. Sie ruft gleich daheim beim Hansi an und erzählt alles weiter...

Von diesem Tag an kann man den Hansi nur noch selten in der Baustellensiedlung sehen.

Das Hasenhochhaus von Renzenbach

Hin und wieder muß der Hansi seiner Mamma im Stall helfen. Oft gibt's auch draußen auf den Feldern Arbeit für ihn: Heu zusammenrechen, Erdäpfel klauben und vieles mehr. Arbeit gibt es immerzu.

Aber meistens sagt der Pappa zum Hansi: «Mach du lieber deine Hausaufgaben anständig, das ist mir wichtiger!»

Doch ehrlich gesagt – oft wäre dem Hansi eine Feld- oder Stallarbeit tausendmal lieber als die ekelhaften Hausaufgaben.

Was hilft's!

Wenn's mit der Schule nicht hinhaut, dann schimpft der Lehrer. Und wenn der Lehrer schimpft, dann schimpft der Pappa. Und wenn der Pappa schimpft, dann dauert's nicht lang und die Mamma schimpft auch noch ...

... und was dann kommt, das ist überhaupt nicht mehr auszuhalten: Dann kontrollieren sie nämlich jeden Tag seine Schulsachen. Nein danke!

Manchmal wünscht sich der Hansi, daß er irgendwen hätte, dem er seine Sorgen erzählen könnte. Manchmal wird ihm irgendwie alles zuviel. Dann sehnt er sich nach etwas, was ihm ganz allein gehört. Ihm ganz allein und sonst niemandem. Eine Angelegenheit, in die sich niemand mischen darf, wenn er, der Hansi Gruber, das nicht erlaubt.

«Pappa, könnt ich nicht einen Hund kriegen?»

«Nix, kommt nicht in Frage!» Immer die gleiche Antwort vom Pappa. Und die Mamma braucht man gar nicht erst zu fragen. «Wenn's der Pappa nicht erlaubt ...»

Da helfen keine Überredungskünste, keine noch so schwerwiegenden Gründe.

«Aber wir haben doch genug Platz, Pappa!»

«Nein, sag ich. Schluß. Aus. Äpfel. Amen!»

«Muß ja kein Schäferhund sein, auch kein Bernhardiner. Ein Dackel, ein kleiner Dackel reicht ja!»

«Nein, Hansi, sei vernünftig, das hat keinen Sinn!»

«Warum denn? Du bist gemein, Pappa!»

Und als der Hansi überhaupt nicht nachgeben will, da erklärt ihm der Pappa, warum er dagegen ist: «Weißt, der tät immer draußen im Wald rumrennen, tät Hasen und kleine Rehe, Fasanen und Rebhühner jagen, wenn wir ihn nicht an der Kette halten. Und wenn ein Jäger einen Hund beim Wildern erwischt, dann erschießt er ihn, willst du das? Oder willst einen Hund, der dauernd an der Kette hängt – tut er dir da nicht leid?»

«Schon ...» Das versteht der Hansi. Da verzichtet er, auch wenn's ihm schwerfällt.

Trotzdem wünscht er sich was Eigenes.

Eines Tages fällt ihm ein, daß der Onkel Herbert ja Stallhasen im Garten hat.

«Pappa, das wär doch was für mich!»

34

Der Pappa überlegt und versteckt den Kopf hinter der Zeitung.

«Pappa, der Onkel Herbert tät mir zwei Stallhasen schenken!»

Der Pappa weiß anscheinend nicht, was er sagen soll. Immerhin, dann kann er auch nicht so sehr dagegen sein wie gegen einen Hund ...

«Eigentlich – sind Stallhasen ja nicht weiter schwierig zum Halten. Gut, Hansi», der Pappa legt die Zeitung weg, «unter einer Bedingung ...»

«Ja?» Der Hansi verzieht das Gesicht, er muß grinsen.

«... nur wennst dich du ganz allein um die Hasen kümmerst, Stall saubermachen, Futter holen, alles, was dazugehört!»

Was meinst, wie sich der Hansi da freut.

Gleich am nächsten Tag fahren sie abends zum Onkel Herbert und suchen sich zwei junge Stallhasen aus.

Den einen nennt der Hansi Mohrle, denn es ist ein ganz schwarzer. Den anderen nennt er Scheckl, weil er so gescheckt ist.

Am Anfang müssen die beiden in einem Pappkarton wohnen. Später baut der Pappa einen Hasenstall.

«Eine Hasenvilla», meint der Hansi, weil der Stall so schön ausschaut.

Bald stellt sich heraus, daß das Mohrle ein Weiberl ist und das Scheckl ein Mannderl. Denn immer, wenn ein Weiberl und ein Mannderl zusammenwohnen, dann dauert's nicht lang, bis das Weiberl Junge kriegt.

Nach einem halben Jahr hat der Hansi schon sechs Hasen. Nun ist der Stall zu klein.

«Bitte, Pappa, tust mir den Stall vergrößern?» bittet der Hansi.

«Von mir aus ...» Da kann man schon kommen zum Pappa, der weiß gleich Rat. Er baut vier neue Käfigboxen, und die montiert er auf den alten Stall, so daß der zwei neue Stockwerke bekommt.

«So, jetzt hast Platz für zwanzig Hasen, das reicht», meint der Pappa.

Den Platz braucht der Hansi recht bald, denn bei den jungen Hasen sind wieder Weiberl und Mannderl dabei, die ziemlich schnell Junge kriegen. Da gehen dem Hansi fast die Namen aus: Mohrle, Scheckl, Ruaberl, Hupferl, Franzi, Rudi, Simmerl, Leni, Kare, Maare ... Und die ganzen Namen helfen nichts mehr, wenn man die Viecher am Schluß nicht mehr auseinanderkennt. Wenn keiner mehr weiß, wer ist denn der Hupferl, oder ist vielleicht der Hupferl der Ruaberl, oder ist der Mohrle der Rudi oder der Rudi die Leni oder der Simmerl der Hupferl oder der Ruaberl der Kare oder die Maare der Scheckl oder der Scheckl der Mohrle ... Eines ist sicher, da könnte man verrückt werden, da könnte man durchdrehen!

‹Ist doch Wurscht›, denkt sich der Hansi, ‹nenn ich einfach alle gscheckerten Scheckl und alle schwarzen Mohrle. Hilft ja nix, wenn's gar so viel sind!›

Und weil die zwanzig Hasen jetzt auch wieder Junge

kriegen, dauert's nicht lang der Hasenstall ist schon wieder zu klein.

Und der Pappa hat keine rechte Lust, schon wieder aufzustocken. «Was zuviel ist, ist zuviel!» meint er.

Je mehr Hasen da sind, um so mehr Junge können sie kriegen, logisch.

Der Hansi träumt schon von einem Hasenhochhaus, denn wenn die jungen Hasen wieder junge Hasen kriegen, dann sind das nach dem ersten Jahr schon über hundert Hasen.

Über hundert!

Da müßte er mindestens noch zwölf Stockwerke auf seinen Hasenstall bauen, damit er sie nur einigermaßen unterbringt, seine ganzen Viecher. Das wäre dann ein richtiges Hasenhochhaus. Da brauchte er dann eine Leiter, wenn er denen im 12. Stockwerk Futter geben wollte ...

Und erst das Futter!

Was die für eine Riesenmenge Futter bräuchten. Wahnsinn! Und die Arbeit, bis man das ganze Futter gesucht hätte ...

Und die Arbeit, bis man die ganzen Ställe saubergemacht hätte. Diese Masse Hasenmist! Puh – – – !

Da müßte man Tag und Nacht arbeiten, bloß damit die Hasen einigermaßen versorgt wären. Bah – – – !

Aber das wäre ja noch nicht alles!

Stallhasen können vier- bis fünfmal im Jahr Junge bekommen.

Vier- bis fünfmal im Jahr von jedem einzelnen Weibchen sechs Junge ...

Um Himmels willen!

Der Hansi beginnt zu rechnen: Das sind in einem Jahr ...

... das sind in zwei Jahren ... das gibt's doch nicht ...

... das wären in zwei Jahren schon über 1000 Hasen ...

und in drei Jahren schon viel mehr als 10000 Hasen!

Weiter kann der Hansi noch gar nicht zählen. Meine Güte, da brauchte er ja einen Wolkenkratzer, einen Hasenwolkenkratzer – und eine ausfahrbare Feuerwehrleiter, damit man überhaupt ran kann. Nein, da hat der Pappa – ausnahmsweise – recht. Es reicht ja schon die Arbeit, die ihm zwanzig Hasen machen.

Aber der Papa weiß eine Lösung: «An deiner Stelle tät ich an Weihnachten immer ein paar verkaufen, dem Onkel Manfred zum Beispiel oder der Tante Marianne.»

«Genauso wie das der Onkel Herbert macht?» fragt der Hansi.

«Logisch – da kannst für einen schon ganz schön was verlangen heutzutag. Das gäb ein schönes Taschengeld jedes Jahr vor Weihnachten.»

«Hmmm», so richtig begeistert ist der Hansi nicht. Er weiß ja genau, was mit den Hasen passieren wird, wenn er sie verkauft. Die Viecher tun ihm leid, wenn er ans Schlachten und an die Bratröhre denkt. Aber was sonst, denn: Was zuviel ist, das ist zuviel!

Zu viele Hasen sind des Bauern Tod!

Und das zusätzliche Taschengeld wäre ja wirklich nicht schlecht – auch wenn der Hansi immer einen dicken Knödel im Hals spürt und schlucken muß, wenn er ans Schlachten denkt.

«Dem Sparbuch tut's natürlich gut!» gibt der Hansi zu. Und der Weihnachtskasse auch: Eine Handtasche für die Mamma, ein Kistl Zigarren für den Pappa oder einen Nähkasten für die Mamma und eine Blechschachtel voller Schraubenschlüssel für den Pappa, solche Geschenke sind dann nichts Unmögliches mehr.

Und ehrlich: die zehn Hasen, die der Hansi behält, die machen noch Arbeit genug.

Jeden Tag brauchen sie abends was zum Fressen. Recht gern mögen sie junge Löwenzahnblätter, auch gelbe Rüben oder Kohlrabi mitsamt den Blättern schmecken ihnen ausgezeichnet. Aber im Winter geht's ihnen auch nicht besser als den Kühen, da gibt's nur trockenes Heu.

«Hilft nix – liegt doch überall Schnee!»

Außerdem muß man recht aufpassen beim Füttern, daß man den Viechern nicht zuviel gibt.

«Die kennen beim Fressen keinen Bahnhof. Die wissen nicht, wann eine Haltestelle kommt, wann sie aufhören müssen. Sie fressen immer weiter und immer weiter, so lange, bis das Futter aus ist. Und wenn das Futter nicht aus wird, dann fressen sie eben so lange, bis es ihnen den Darm zerreißt.» Der Pappa sagt's dem Hansi immer wieder.

Manchmal im Sommer, wenn's draußen schön warm ist und wenn der Hansi zufällig mal Zeit hat oder wenn ein Vetter oder eine Kusine zu Besuch ist oder ein Freund oder eine Freundin, dann läßt der Hansi seine Hasen frei auf der Wiese neben dem Hof herumrennen. Eine Mordsgaudi!

«Die Hasen freuen sich riesig», vermutet der Hansi, «weil sie halt immer im engen Stall hocken müssen.»

Sie rennen dann wie die Verrückten auf und ab. Bleiben auch mal stehen, schnüffeln am Löwenzahn, schnüffeln am Gras, lassen mal ein Bollerl fallen, und wenn sie ein Loch im Zaun finden, schleichen sie sich in den Gemüsegarten und fressen alle jungen Kohlrabis an. Dann ist die Mamma ziemlich sauer und schreit: «Paß gefälligst besser auf deine Mistviecher auf!»

Aber das ist leichter gesagt als getan.

«Meine Hasen sind wie die Wespen», sagt der Hansi, «und wenn die spannen, daß sie wieder eingefangen werden sollen, dann sind sie erst recht auf Draht – die wissen genau, wann sie in den Stall zurück sollen.»

Und so schön ist der Stall auch wieder nicht, daß man sich von einem Hansi Gruber so ohne weiteres einfangen läßt. Nicht einmal, wenn man im dritten Stock vom Hasenhaus wohnt und die allerbeste Aussicht hat. Drum flitzen sie im Zickzack über die Wiese, und Vetter und Kusine, Freund und Freundin greifen immer wieder ins Leere. Wer meint: «Ha – jetzt hab ich einen!», der sieht gerade noch, wie er wieder einen Haken schlägt und in eine ganz andere Richtung davonrennt.

«So schnell schaust gar nicht, da geht dir schon der Schnauferer aus», sagen die Kinder.

Der Hansi kennt das Seitenstechen – da hilft nichts, da muß man stehenbleiben und warten, bis man wieder bei Puste ist.

Aber die Stallhasen sind zum Glück diesen Abendsport auch nicht gewöhnt. Die haben auch viel zuwenig Training und werden recht schnell müde.

«Wär ja schlimm, wenn's anders wär, da tät man sie im Leben nicht mehr erwischen», sagt der Hansi.

Aber nicht immer hat der Hansi so viel Zeit für seine Hasen.

Manchmal spielt er lieber mit seinen Freunden Fußball.

Manchmal rennt er mit dem Franzi lieber auf geheimnisvollen Baustellen rum.

Manchmal hat er am Nachmittag Schule.

Manchmal muß er unbedingt nach den Hausaufgaben noch auf dem Feld mitarbeiten.

Tausend Sachen gibt's, die ihn beschäftigen ...

Und: Meistens kommt er auch erst gegen halb zwei Uhr nachmittags von der Schule heim. Essen, Hausaufgaben. Was bleibt da noch übrig an Zeit.

«Ist doch logisch, daß ich da abends nimmer viel Lust hab, mich um meine Hasen zu kümmern, oder?» findet der Hansi.

Oft wäre er dann froh, wenn er keine Hasen mehr hätte oder wenn der Pappa oder die Mamma das Futter suchen oder wenigstens den Stall ausmisten würden für ihn.

«Nix da, das sind DEINE Hasen, DU hast sie haben wollen!» erinnert ihn dann der Pappa.

Und versprochen ist versprochen, da hilft alles nichts.

«Mit einem Hund wär das alles leichter», meint der Hansi.

Aber da dreht sich der Pappa bloß um und geht.

Der Hansi weiß auch warum.

Eine schwarze Garage
und ein roter Bulldog

«Die neue Garage muß noch vorm Winter fertig sein, unbedingt!» sagt der Pappa am Sonntag nach der Kirche zum Onkel Herbert.

«Brauchst bloß sagen wann – und schon bin ich da, da gibt's nix», verspricht ihm der Onkel Herbert.

Dann nimmt er sich nämlich Urlaub und hilft dem Pappa beim Bauen. Denn der Pappa hat dem Onkel Herbert auch geholfen, wie der im vorigen Jahr sein Haus am Haxenberger Weiher gebaut hat.

Der Onkel Herbert ist Maurer von Beruf. Wenn der dabei ist, wo gebaut wird, da haut's todsicher hin, da fehlt's an nichts!

Aber der Hansi hat GARAGE verstanden. Er wundert sich ein bißchen: GARAGE?

«Wir haben doch schon eine Bulldog-Garage, Pappa!»

«Geh, Hansi, schau dir doch den alten Schuppen an! Hinten hängen schon die Bretter weg, da regnet's rein, und das Dach ist auch nicht grad besonders dicht!

Ja – und das Tor geht auch nimmer richtig zu, weil die Holzbalken vom Torrahmen schon ganz morsch und verfault sind. Die haben sich sogar schon so weit verschoben, daß man beim Aufmachen Angst haben muß, daß einem das ganze Schuppentürl aufs Hirnkastl fällt ...

Und überhaupt: wenn wir uns jetzt den neuen Bulldog kaufen, der braucht im Winter eine vernünftige Garage, sonst rostet der teure Karren schon gleich im ersten Winter zusammen!»

«Bulldog?»

Der Hansi kriegt große Augen. Jetzt hat er verstanden: NEUER BULLDOG!

«Pappa! Stimmt das, ist das wahr, ein neuer Bulldog, ist das ehrlich wahr?»

Der Hansi freut sich wie ein Schneekönig. Ein neuer Bulldog, das ist für ihn genauso toll wie für den Franzi, wenn sich der Pappa von ihm ein neues Auto kauft.

«Und wenn ich in die Stadt fahr, ins Bulldog-Geschäft, dann darfst du mit!» verspricht der Pappa.

«Nächste Woche schon?»

«Halt, halt, so schnell geht das auch wieder nicht, zuerst müssen wir die neue Garage bauen, da hilft alles nix!»

Das sieht der Hansi schon ein. Ein neuer Bulldog gehört in eine neue Garage.

«Und wie steht's mit dir, Hansi, hilfst du uns auch beim Bauen?» fragt der Pappa.

Pah! «Nein» wird er sagen, der Hansi! Er und nicht mithelfen – auf einer Baustelle nicht mithelfen! Er, der schon auf fremden Baustellen ganz verrückt drauf ist, daß er mithelfen darf. Jeden Tag wird er mithelfen. Alle Tage wird er dabeisein, da kannst du Gift drauf nehmen!

Zuallererst holen sie mit dem Bulldog ein paar Fuhren Sand. Den Sand brauchen sie zum Mörtelmischen.
Dann bestellt der Pappa beim Heuberger noch zwei große Fuhren Kies. Den Kies brauchen sie für den Beton. Und der Beton gehört in die Fundamente.
Als nächstes fahren sie zum Sägewerk vom Bühler Sepp. Da kaufen sie Bretter und Stangen: für die Verschalung beim Betonieren und zum Gerüstbauen. Klar?
Und was dann noch fehlt, das bringt eine Woche später der Onkel Herbert. Mit einem Lastwagen bringt er eine feuerrote Mörtelmaschine und noch einen Haufen Schalungsbretter. «Die hat mir der Alfons geliehen», sagt er.
Der Alfons, das ist sein Chef, der heißt mit Nachnamen Kieslmeier und hat das größte Baugeschäft in Renzenbach. Aber sonst ist nichts gegen ihn zu sagen. Wenn der Onkel Herbert was braucht, dann leiht er es ihm, ohne daß er einen Pfennig dafür will.
«Der weiß genau, daß ich schwarz arbeit bei euch, und trotzdem hilft er mir», erzählt der Onkel Herbert.

«Schwarz? Wieso schwarz?» fragt der Hansi den Onkel.

«Schwarzarbeit ist das, wenn ich arbeite und keine Steuern zahl, verstehst!»

«Ungefähr», meint der Hansi.

«Na also», freut sich der Onkel.

«Aber wird man da nicht bestraft, Onkel Herbert?»

«Schmarrn! Bloß wenn man was verdient! Bei euch mach ich's doch umsonst, fast umsonst, eine Brotzeit muß schon rausspringen, das ist klar ...»

«Aber das ist dann keine richtige Schwarzarbeit, oder?»

«I wo, bei euch doch nicht, bei euch heißt das Verwandtenhilfe, und strafbar ist das kein bisserl!»

Dann dreht sich der Onkel Herbert weg, um mit dem Messen zu beginnen. Am Anfang muß alles ausgemessen und angezeichnet werden, sonst kommt man später beim Bauen total durcheinander. Alles würde krumm und schief werden.

In den nächsten Tagen sind alle voll und ganz mit der Bauerei beschäftigt.

Zuerst werden die Fundamentstreifen ausgegraben. Mit dem Pickel macht der Pappa die Erde locker. Die Mamma schaufelt sie in den Schubkarren. Und der Onkel Herbert fährt den schweren Schubkarren weg und schüttet die ganze Erde auf einen Haufen.

Die Fundamentstreifen, das sind Gräben, die sind genauso lang und so breit wie die Garage werden soll.

Und tief sind sie ungefähr einen halben Meter. Sie werden mit Beton gefüllt, und wenn der Beton fest ist, dann werden die Mauern draufgemörtelt.

«Wenn man die Mauern einfach ohne Fundament auf die Wiese bauen täte, dann könnt's passieren, daß beim ersten Regen die Mauer einfach wegrutscht und die ganze Garage zusammenkracht», sagt der Onkel Herbert. «Drum wird bei jedem Haus, bei jeder Garage unten ein Fundament eingebaut, brauchst bloß nachschauen, das kannst bei jeder Baustelle beobachten.»

Und weil der Hansi nicht so recht weiß, ob der Onkel Herbert bloß einen Witz macht, und ein bißchen dumm schaut, mischt sich der Pappa ein: «Weißt, Hansi, Fundamente sind fürs Haus das, was ein Anker für ein Schiff ist; wenn's im Hafen liegt, darf es sich nicht losreißen.»

Bald sind die Fundamente fertig. Drei Tage hat's gedauert. Jetzt soll das Mauern losgehen. Aber Mist, elender Mist, der Kieslmeier Alfons bringt die Steine nicht. Einen halben Tag müssen sie warten und Pause machen. Der Pappa schimpft. Der Onkel Herbert schimpft. Die Mamma schimpft. Dieser depperte Kieslmeier!

Aber dann kommen endlich die Steine. Und alle arbeiten jetzt um so schneller.

Das Mauern ist dem Onkel Herbert sein Geschäft – wozu wäre er sonst Maurer?

Alle anderen sind nur Handlanger. Sie müssen ihm alles in die Hand geben, was er zur Arbeit braucht.

Wenn der Onkel Herbert schreit: «Steinnnneeeeeeee!», dann muß der Pappa ganz schnell einen Schubkarren voller Steine zu ihm hinradeln.

Wenn der Onkel Herbert plärrt: «Möööööööööörtl!», dann geht das wieder nur den Pappa was an, dann fährt er den Schubkarren ganz schnell zur Mörtelmaschine, zur feuerroten, und die Mamma kippt ihm den Schubkarren voller Mörtel. Nun ist die Mörtelmaschine leer, und die Mamma muß wieder eine neue Mischung fabrizieren: Sand, Binder, Zement, Wasser. Und schon kommt der Pappa wieder angeradelt! Maschine in den Schubkarren hinein ausleeren! Und während der Pappa die Ladung zum Onkel Herbert hinkarrt, hat die Mamma schon wieder die Schaufel in der Hand: Sand, Binder, Zement, Wasser ...

Wichtig ist, daß der Mörtelkasten vom Onkel Herbert immer voll ist, sonst kann er nicht weiterarbeiten. Und das kostet Zeit. Und Zeit ist soooo kostbar, weil der Onkel Herbert nur zehn Tage Urlaub hat. Und jeder andere Maurer kostet viel Geld. Und Geld kostet der neue Bulldog auch, drum haben der Pappa und die Mamma nicht viel übrig, sind knapp bei Kasse zur Zeit. Aber auch der Hansi hat was zu tun, keiner kann faul herumstehen. Wenn der Onkel Herbert schreit: «Wasserwaaaaaaaaaaaage, Schnuuuuuuuuuuur, Keeeeeeeeeellllle, Biiiiiiiiiiiieeeeer!», dann muß ihm der

Hansi das Werkzeug oder das Bier schleunigst nachtragen – sonst ist er grantig, der Onkel Herbert.

Und wenn der Onkel Herbert schreit: «Brotzeit!», dann schmeißt er alles hin und geht zum Wohnhaus rüber. Jetzt muß die Mamma eine Brotzeit herrichten für alle. «Brotzeit!» schreit der Onkel Herbert pünktlich um 9 Uhr, um 12 Uhr und um 5 Uhr nachmittags.

Die Mamma hat zur Zeit nicht gerade wenig Arbeit. Sie muß ja auch noch die Tiere im Stall versorgen. Und ihre Hausarbeit machen. Und dann noch der Bau! Da braucht sich keiner zu wundern, daß sie jetzt oft streiten, der Pappa und die Mamma.

In der Früh schreien sie sich an, beim Mittagessen schauen sie total beleidigt – da trauen sie sich nicht zu plärren, weil der Onkel Herbert dabeisitzt. Aber abends wird wieder geschrien bis zum Schlafengehen. Und der Hansi steht oft dazwischen und muß das Geschimpfe auffangen, kriegt seine Schimpfworte ab, obwohl er sich keiner Schuld bewußt ist. Drum ist der Hansi richtig froh, als die Garage dann endlich fertig ist. Nur noch das Garagentor fehlt.

Auch das setzt der Onkel Herbert ein! Ein pfundiges Schiebetor – sogar zum Absperren! Sogar mit einem Sicherheitsschloß. Schon was anderes als das alte Tor! Supermodern ...

Bloß schade, daß es der Hansi nicht mehr aufmachen kann, weil's so schwer geht.

Ganz zum Schluß von der Garagenbauerei baut dann der Bühler den Dachstuhl und deckt das Dach mit Ziegeltaschen – und alle sind froh, daß der Bulldogschuppen endlich fertig ist:

Der Onkel Herbert, weil sein Urlaub endlich vorbei ist.

Der Pappa und die Mamma, weil endlich die Arbeit weniger ist.

Der Hansi, weil der Pappa und die Mamma nicht mehr streiten und ...

... weil jetzt alle zusammen zum Bulldog-Anschauen in die Stadt zum Bulldog-Geschäft fahren können.

Mannomann: Da gibt's vielleicht Maschinen! 200 PS und mehr! Mit Liegesitz und eingebautem Kassettenrecorder! Da ist der alte Bulldog ein Dreck dagegen!

Der Hansi darf bei jeder Probefahrt, bei jeder einzelnen Vorführung mit aufsteigen, logisch!

Aber bei der ersten Besichtigung kauft der Pappa noch keinen Bulldog. Nur einen Riesenstoß Prospekte nimmt er sich mit heim.

«Wenn man so viel Geld ausgibt, da muß man sich vorher richtig informieren», sagt er.

Erst eine Woche später ist's soweit. Geschäft ist Geschäft: Der Pappa handelt noch ein paar hundert Mark herunter. Der Bulldog ist teuer genug! Und der Hansi und der Pappa fahren zusammen mit dem Bulldog heim nach Renzenbach. Die Mamma darf das Auto heimfahren. Und wenn noch so viele Autos überholen: Ein neuer Bulldog ist das höchste!

Da kommt kein Funkstreifenwagen mit und kein Rennwagen. Der Pappa und der Hansi haben ein unbändig gutes Gefühl.

Bloß gut, daß die neue Garage schon fertig ist. Der neue Bulldog ist ein Heiligtum. Anfangs reibt ihn der Pappa sogar mit einem Lappen trocken, wenn's geregnet hat, ja, wenn's nur ein bißchen getröpfelt hat. Gerade, daß er ihn noch nicht streichelt.

Später verkaufen sie den alten Bulldog. Der Pappa arbeitet jeden Tag mit dem neuen. Und bald ist er nichts Besonderes mehr.

«Ist halt doch grad eine Maschine, wo man arbeitet damit», meint der Pappa. Und der Hansi weiß, daß es stimmt.

Der Hansi hat was mit der Barbara

Eigentlich ist es ja gar nicht die Mannschaft vom Hansi:
der Hansi spielt immer nur mit, wenn's ihm die anderen erlauben. Und die anderen erlauben's ihm nur
dann, wenn gerade noch ein Mann fehlt, wenn sie unbedingt noch einen brauchen ...
Der Dieter sagt: «Der Hansi ist zu blöd zum Fußballspielen!»
Der Rudi meint: «Der Hansi haut eh bloß immer über
den Ball drüber!»
Der Helmut schimpft: «Der Hansi schaut doch viel zu
langsam, der hat noch nie ein Tor geschossen – höchstens ein Eigentor!»
Der Martin jammert: «... und als Tormann taugt er
auch nichts!»
Nicht einmal der Norbert und der Günter wollen beim
Fußballspielen zu ihm halten: «Rennen kann er ja, aber
das ist auch alles – wenn der Ball auf ihn zukommt,
dann kriegt er Angst und rennt davon!»
Aber der Hansi sagt: «Der Dieter, der Rudi, der Helmut und der Martin, die können mich bloß nicht leiden
und wollen mich schlecht machen. Die wollen alle Kinder gegen mich aufhetzen!»
Die Freunde vom Hansi haben noch nie was gesagt gegen seine Fußballkunst. Von denen hat noch keiner behauptet, daß der Hansi ein schlechter Fußballer ist.

Bloß – wenn der Hansi ehrlich ist, muß er schon auch selber zugeben: «Nein, ein guter Fußballer bin ich nicht!»

Und die Freunde vom Hansi sind auch schlechte Fußballer. Drum trauen sie sich nicht zu schimpfen über den Hansi.

Dabei ist das keine Schande, wenn einer ein schlechter Fußballer ist. Und überhaupt: wie soll der Hansi ein guter Fußballer sein können, wo doch jeder weiß, daß seine Eltern einen Bauernhof haben. Und daß der Hansi oft mithelfen muß daheim.

Und das gerade im Sommer, zur Erntezeit, wenn's Fußballspielen am schönsten ist ...

Der Dieter, der Rudi, der Helmut und der Martin, die rennen nach der Hausaufgabe gleich hinaus auf den Fußballplatz. Und wenn Ferien sind, dann spielen sie schon am Vormittag. Höchstens zum Mittagessen und zum Abendessen gehen sie dann noch heim. Und nach dem Abendessen haben sie noch zweimal in der Woche Training im Fußballverein – die spielen nämlich alle vier in der Schülermannschaft vom FC Renzenbach.

‹Da könnt ich auch ein guter Fußballer sein›, denkt sich der Hansi.

Aber so einen Trainingsrückstand – wie soll er den jemals aufholen? Das schafft doch nicht einmal ein Nationalspieler, oder? Und wenn der Hansi dann Zeit hat und die anderen brauchen ihn zufällig, als Verteidiger oder Stürmer, dann geht recht bald die Schimpferei los:

«Depp, dummer, gib doch ab!»

«Haut der Hirsch übern Ball!»

«Geh doch heim und laß dir von deiner Mamma den Bauch waschen!»

Der Hansi hört sich das eine Zeitlang an. Er versucht so gut zu spielen, wie es nur geht. Er will es allen recht machen ... Aber wenn die Schimpferei überhaupt nicht aufhört, dann hört der Hansi auf. Dann schießt er den Ball weit ins Aus und schreit: «Suchts euch doch einen anderen, der so blöd ist, daß er mit euch Fußball spielt!»

An einem Ferientag ist's besonders schlimm. Eine Stinkwut hat er, der Hansi. ‹Nix wie heim›, denkt er, ‹nie mehr spiel ich Fußball mit denen! Nein! Nix wie heim!›

Dann rennt er im Dauerlauf, weint und schimpft und schimpft und weint und schaut nicht auf den Weg.

Plötzlich rumpelt er mit jemandem zusammen. Die Barbara! Ein Mädchen aus seiner Klasse. Die kommt gerade vom Einkaufen, hat ein volles Einkaufsnetz dabei.

«Was fehlt dir denn, Hansi? Warum weinst denn? Ist dir was passiert?» fragt sie ihn.

Sonst redet der Hansi nie mit der Barbara. Buben und Mädchen reden selten miteinander in seiner Klasse. Und wenn ein Bub öfter mal mit einem Mädchen redet, dann spotten ihn die anderen aus: «Weiber-held, Weiberheld ...»

Aber jetzt, wo er allein ist und niemanden hat zum Spielen und zum Reden, jetzt tut's ihm direkt gut, daß ihn die Barbara anredet. Er wischt sich die Tränen aus dem Gesicht und erzählt ihr vom Fußballspielen ... «Diese gscherten Hammeln!»

«Ist denn das gar so schlimm?» fragt die Barbara. «Du versäumst doch nix – der Dieter, der Rudi, der Helmut und der Martin, die spinnen doch eh ...»

Da gibt ihr der Hansi recht.

Eine Zeitlang geht er still neben der Barbara her und denkt sich: ‹Eigentlich ist die Barbara ganz nett. Gut reden kann man mit ihr.›

Und dann erzählt er ihr von seinen Hasen.

Und sie erzählt ihm von ihrem Hund, vom Wastl.

Und auf einmal trägt er ihr Einkaufsnetz.

Und auf einmal stehen sie vor dem Haus, in dem die Barbara wohnt.

Bevor sie sich verabschieden, erzählt die Barbara dem Hansi noch, daß sie morgen mit dem Wastl spazieren-gehen wird ...

Am nächsten Tag trifft dann der Hansi – ganz zufällig – die Barbara beim Spazierengehen.

Der Wastl ist ein Langhaardackel. Sie laufen mit ihm in Richtung Haxenberger Wald. Auf einer gemähten Wiese darf der Wastl ohne Leine frei herumlaufen.

Die Barbara wirft ein Steckerl in die Luft, und der Wastl bringt's ihr wieder zurück. Der Hansi probiert's auch ...

«Brav, Wastl, brav!»

Dann erzählt die Barbara von daheim. Sie erzählt, was sie immer tut den ganzen Tag. Und von ihrem kleinen Bruder weiß sie allerhand. Der geht noch in den Kindergarten. Die Barbara muß manchmal aufpassen auf ihn.

Dann erzählt der Hansi von sich daheim. Er erzählt von seiner Mamma, von seinem Pappa, vom Hof und daß er keine Geschwister hat.

In den nächsten Tagen und Wochen treffen sich die beiden noch öfter.

Einmal fahren sie mit dem Radl.

Einmal gehen sie zum Baden an den Haxenberger Weiher.

Einmal gehen sie zusammen ins Kino und schauen sich den Film «Zorro, der schwarze Rächer» an.

Einmal kommt die Barbara zum Hansi auf den *Gruaba*-Hof, und der Hansi zeigt ihr alle Tiere, seine Hasen, die Kühe, den Saustall und den Hühnerstall.

Und einmal geht der Hansi mit der Barbara mit heim. Sie zeigt ihm ihre Spielsachen und ihr Kinderzimmer.

«Mensch, toll, so ein Kinderzimmer möcht ich auch!» sagt der Hansi, denn bei ihm im Zimmer stehen bloß ein Schrank und ein Bett. Zum Spielen muß er immer ins Wohnzimmer – dazu ist sein Zimmer zu klein. Und

er hat keine Heizung darin; gerade im Winter, wenn er mehr Zeit zum Spielen hat, da ist es viel zu kalt in seinem Zimmer.

Die Barbara hat ein großes Zimmer. Ganz für sich allein. Ihr kleiner Bruder, der Andreas, der hat auch ein großes Zimmer. Auch ganz für sich allein.

Alles mit Heizung.

Und ein schönes Haus haben sie. Ein großes Haus.

«Der Pappa von der Barbara ist Elektriker, und Fernseher und Radios verkauft er in seinem Geschäft, der verdient viel Geld», sagt die Mamma vom Hansi.

Der Hansi mag die Barbara gern.

‹Die ist lieb, mit der könnt ich den ganzen Tag spielen›, denkt er. Und manchmal, wenn er daheim die Zeitung anschaut, da liest er alle Artikel ganz aufmerksam, wo es ums Verlieben und ums Heiraten geht. Und wenn der Pappa sagt: «Du liest aber die Zeitung heute genau!», und wenn die Mamma meint: «Was steht denn so Interessantes drin, lies ja nicht alles heraus, laß uns auch noch was übrig!», da wird der Hansi rot und blättert schnell weiter.

Einmal findet er einen Bericht, in dem steht, daß in Indien die Mädchen schon mit zwölf Jahren heiraten dürfen.

‹Da schau her›, denkt er sich, ‹noch drei Jahre, und wenn ich in Indien wohnen tät ...›

Der Hansi kann sich ganz gut vorstellen, daß er die Barbara heiratet.

«Der Hansi träumt am hellichten Tag», sagt der Pappa zur Mamma.

Der Hansi versucht sich jetzt auch öfter als sonst vor der Feld- und Stallarbeit zu drücken. Träumen ist ihm wichtiger als alles andere. Und die Barbara ist ihm wichtig – aber von der träumt er ja ...

Das geht eine Zeitlang so weiter. Alle merken langsam, daß irgendwas los ist mit dem Hansi. Die Kinder aus seiner Klasse, die spannen's am schnellsten.

Kann man sich ja denken, was jetzt losgeht, logisch: Denen fällt nichts anderes ein als verspotten, auslachen, Namen nachrufen ...

Der Barbara geht's nicht anders.

Im Klassenzimmer werden Briefe herumgereicht, da sind Herzen draufgemalt. Und innendrin steht geschrieben: «Hansi und Barbara sind unser Liebespaar.» Sogar sein Freund, der Franzi, macht da mit. «Ach, üch bün ja so verlübt!» ruft er ihm einmal in der Pause nach.

«Wie soll das jetzt weitergehn?» fragt der Hansi die Barbara. Aber die weiß auch nicht, wie es weitergehen soll.

Mit der Zeit treffen sich die zwei immer seltener.

Der Hansi würde gern wieder einmal Fußball spielen. Er hätte auch gern wieder einmal seine Ruh. Das Verspotten geht ihm richtig auf die Nerven. Eine Wut hat er auf seine Klassenkameraden, ärgern muß man sich über so viel Hinterfotzigkeit ...

Aber er gibt nach, wie der Boden unter den Füßen auf der sumpfigen Wiese unten am Renzenbach. Er gibt immer mehr nach. Ganz weich wird er, der *Gruaba* Hansi.

Er trifft sich nicht mehr mit der Barbara; nicht einmal in der Klasse, nicht einmal in der Pause redet er mehr mit ihr.

Auf der Straße tut er so, als ob er die Barbara überhaupt nicht kennt, so als ob er sie noch nie gesehen hätte.

Wenn es möglich ist, geht er ihr aus dem Weg.

Er mag ihr auch nicht ins Gesicht schauen.

«Was ist denn los mit dir, Hansi?» fragt sie ihn eines Tages, als er gerade schnell auf die andere Straßenseite abhauen will.

«Nix, was soll denn los sein», druckst der Hansi bloß heraus und rennt weiter.

Er will einfach nicht mehr, daß es überall heißt, er hat was mit der Barbara.

‹Ich hab nix mit ihr›, redet er sich ein, ‹ich will nix mit ihr zu tun haben, ich will nicht dauernd ausgelacht werden!›

Für die anderen Kinder wird er langsam wieder ein richtiger, ein echter Bub!

Gut ist ihm dabei nicht, dem Hansi.

Er kommt sich so recht verlogen vor, richtig gemein der Barbara gegenüber.

Aber er traut sich mit niemandem drüber zu reden.

Auch nicht mit der Barbara. Er traut sich einfach nicht.

Nur dran denken tut er manchmal, daß er was sagen könnte. Und das ist zuwenig.

Er muß halt leider so ein Bub werden, wie ihn die anderen wollen: ein schlechter Fußballer, den sie schimpfen können, wenn er über den Ball drüber haut.

Vorsicht, Pappa!

«Was tun die Bauern den ganzen Tag?» fragt der Onkel Manfred, wenn er auf Besuch kommt und am Tisch beim Kaffee hockt. Und immer wenn er fragt, will er gar keine Antwort hören – er will den Pappa ärgern!

«Was tun die Bauern den ganzen Tag?» Damit meint der Onkel Manfred: Die Bauern tun den ganzen Tag nichts!

Er selber arbeitet als Postler in einem Büro. Der Pappa sagt immer: «Aktenabstauber!» Und wenn der Pappa den Onkel Manfred besonders ärgern will, dann sagt er zu ihm: «Du brauchst dir bloß noch ein Bett hineinstellen in dein Büro, dann kannst von der Früh bis in die Nacht durchschlafen!»

Da muß die Mamma die beiden immer bremsen, den Pappa und ihren Bruder, den Onkel Manfred. Denn die Mamma mag nicht, daß es Streit gibt in der Familie und in der Verwandtschaft.

Der Hansi hält immer mehr zum Pappa als zum Onkel Manfred. Er will ja schließlich später einmal den Hof übernehmen und Bauer sein.

Wenn der Onkel Manfred auf den Hof kommt, zieht er meistens die Nase hoch. «Mein Gott, da stinkt's wieder zum Davonlaufen!»

Und wenn der Hansi dem Onkel Manfred die Hand geben will, dann nimmt sie der Onkel oft nicht. «Pfui

Teufel», heißt's dann, «kannst dir denn deine Hände nicht waschen?»

Bloß weil er der Patenonkel vom Hansi ist, hat er noch lange nicht das Recht, immer rumzugranteln. Das ist zumindest die Meinung vom Hansi.

Und überhaupt: der Onkel Manfred stinkt ja selber ganz schlimm. Nach Rasierwasser nämlich. Der Hansi muß sich manchmal direkt die Nase zuhalten. Und der Pappa niest immer dreimal und sagt: «Der tragt ja eine ganze Drogerie spazieren!»

Dabei schimpft der Onkel Manfred immer auf den Pappa, wenn der mit dem Bulldog Unkrautvertilgungsmittel auf die Felder sprüht. «Du mit deinem Giftzeugs, mit deinen blöden Chemikalien!»

«Dein Rasierwasser ist das gleiche Gift, und du schmierst dir's noch ins Gesicht, du Hirsch!» gibt's ihm der Pappa zurück.

Aber eines Tages bekommt das Gerede vom Onkel Manfred doch noch eine schlimme Bedeutung . . .

Es ist Mittwochvormittag. Der Hansi ist in der Schule. Die Mamma kocht gerade das Mittagessen – Apfelstrudel soll's geben. Und der Pappa richtet sich den Giftspritzer her, weil er am Nachmittag das Feld neben dem Hof spritzen will.

«Damit sich's Unkraut nicht so ausbreiten kann und der Weizen, der *Woaz*, besser wachsen kann», sagt er.

Er füllt das giftige Unkrautvertilgungsmittel aus dem Kanister in den großen Spritztank, der hinten am Bulldog befestigt ist. Er hat keine Angst vor dem giftigen Mittel. Der Pappa hat vor nichts Angst. Auch nicht vor den giftigen Dämpfen, die aus dem Kanister strömen. Hin und wieder erwischt er ein Maulvoll. Na und? Das ist ihm schon oft so gegangen. Und noch nie ist was passiert. Genausooft ist ihm die giftige Flüssigkeit über die Hände geronnen, aufs Hemd und auf die Hose gespritzt. Na und? Das ist ihm schon oft so gegangen. Und noch nie ist was passiert. Der Pappa denkt sich nichts dabei. Nacheinander überprüft er die Teile der Spritzanlage, schraubt die lockeren Schläuche fest.

Aber plötzlich kriegt er Herzklopfen, muß sich am Bulldog festhalten, weil ihm so schwindlig wird. Das Herz pumpert ihm bis zum Hals hinauf. Irgendwie ist's ihm, als ob er sich übergeben, als ob er brechen muß. Schweißtropfen stehen ihm auf der Stirn. Er schreit nach der Mamma. Dann wird es ihm schwarz vor den Augen.

Die Mamma hört den Pappa rufen: *«Maare!!»*

Aber sie kümmert sich nicht weiter. ‹Wenn's was Wichtiges ist, dann ruft er bestimmt noch einmal›, denkt sie sich.

Aber der Pappa ruft nicht mehr.

Fast hätte sie nicht mehr daran gedacht, da fällt ihr ein, daß sie ihn fragen wollte, ob er Puderzucker auf den Apfelstrudel haben will. Sie geht hinaus.

«Kare …?»

Da sieht sie den Pappa neben dem Bulldog liegen und erschrickt gewaltig …

Der Hansi sitzt zur gleichen Zeit noch in der Schule und denkt an nichts Schlechtes.

Eine halbe Stunde später im Schulbus gibt's eine Sensation: «He, schauts einmal raus, der Notarzt!»

In einem Affentempo, mit Sirene und Blaulicht überholt der Notarztwagen den Schulbus. Alle Autos fahren zur Seite und bleiben am Straßenrand stehen, damit das Sanitätsauto so schnell wie möglich vorbei kann.

«Was wird denn passiert sein?»

«Vielleicht ein Verkehrsunfall mit Schwerverletzten!»

«Vielleicht ein Unfall auf einer Baustelle!»

«Vielleicht hat eine alte Oma einen Herzanfall!»

Viele Schulkinder haben viele Vermutungen – und sind sehr neugierig. Auch der Hansi. So oft passiert es nicht, daß der Notarzt nach Renzenbach kommt. Da muß schon was Außergewöhnliches geschehen sein.

Der Notarztwagen ist Gesprächsstoff bis zum Aussteigen aus dem Schulbus. Wahrscheinlich noch auf dem Rest des Heimwegs. Wahrscheinlich sogar noch beim Mittagessen, bei Knödeln und Sauerkraut, bei Nudelsuppe und Schokoladenpudding, bei Pfannenkuchen und Birnenkompott – je nachdem, was es gerade gibt bei den verschiedenen Renzenbacher Familien.

Beim Hansi wird kaum über den Unfall geredet ...

Im Hof steht der Notarztwagen. Die Männer mit den weißen Kitteln schließen gerade die Autotüren. Die Mamma steigt ein, sie fährt mit ins Krankenhaus.

Dem Pappa ist was passiert! Der Hansi weint. Er hat

seinen Pappa nicht gesehen. Was ist nur los? Der Hansi ist total durcheinander. Muß der Pappa sterben? Was ist passiert? Nicht im Traum hat der Hansi daran gedacht, daß der Notarzt wegen seinem Pappa nach Renzenbach gekommen ist.

Die Frau Freilinger, die Nachbarin, ist herübergekommen. Sie geht mit dem Hansi in die Küche. Der Apfelstrudel ist noch immer im Ofen. Es riecht verbrannt, und alles ist verqualmt. Die Frau Freilinger holt den Apfelstrudel heraus und kratzt das Verbrannte mit einem Messer aus der Form.

«Da können wir Briketts draus machen», will sie den Hansi aufmuntern.

Aber der Hansi will sich nicht aufmuntern lassen.

«Was ist los, was ist passiert?» fragt er.

Die Frau Freilinger schüttet den verbrannten Apfelstrudel in den Mülleimer. Dabei erzählt sie dem Hansi, was sie weiß. Es ist nicht viel: «Der Pappa ist im Hof neben dem Bulldog gelegen. Bewußtlos. Und der Notarzt hat gesagt, daß es ihm recht schlecht geht.» Mehr ist nicht aus der Nachbarin herauszubringen.

Sie bleibt beim Hansi, bis die Tante Hilde kommt, die Frau vom Onkel Manfred.

Der Hansi weiß nicht, was er machen soll. Nichts kann er tun, das ist es ja! Rein gar nichts! Bloß warten. Aber die Mamma kommt nicht.

Und der Pappa kommt auch nicht.

Abends kommt der Onkel Manfred. Er ist im Krankenhaus gewesen, aber er bringt keine Neuigkeiten. Sie setzen sich an den Tisch und spielen Mensch-ärgere-dich-nicht. Doch das geht nicht so recht. Niemand ist in Stimmung, die Tante Hilde nicht, der Onkel Manfred nicht und der Hansi auch nicht. Um elf Uhr am Abend klappt er zusammen. Die Tante Hilde bringt ihn ins Bett.

In dieser Nacht hat der Hansi schlimme Träume, die schlimmsten Träume in seinem Leben. Der Pappa kommt auf ihn zu, redet zu ihm: «Servus, Hansi, ich muß jetzt gehen, schade, gell, aber es muß sein, nimm's nicht so schwer und ...»

Plötzlich schreckt der Hansi auf. Die Haustür ist gegangen. Die Mamma?

Er springt aus dem Bett, rennt in die Küche – tatsächlich, es ist die Mamma.

«Was ist mit dem Pappa?» ruft ihr der Hansi entgegen.

«Er schafft's, Hansi! Er hat ein starkes Herz, hat der Doktor gesagt, und er schafft's! Kannst beruhigt ins Bett gehen.»

Den Rest der Nacht schläft der Hansi tief und fest.

Am nächsten Tag braucht er nicht in die Schule zu gehen. «Wir besuchen den Pappa im Krankenhaus», sagt die Mamma.

Der Hansi ist heilfroh. Alles hätte er heute ausgehalten, bloß nicht die blöde Fragerei in der Schule. Alle würden sie sich um ihn herum versammeln und ihm ein Loch in den Bauch fragen.

Beim Frühstück erzählt die Tante Hilde der Mamma, was SIE schon alles für Krankheiten gehabt hat und daß SIE auch schon einmal beinah gestorben wäre. «Ich kenn das, *Maare*, ich kenn das, glaub's mir!»

Die Mamma sagt «Ja ja», aber man merkt ihr an, daß sie gar nicht hinhört, daß sie ganz andere Gedanken im Kopf hat.

Dann fahren der Onkel Manfred und die Tante Hilde heim und der Hansi mit der Mamma in die Stadt zum Krankenhaus.

Der Pappa sitzt schon im Bett. Er schaut noch recht schwach aus, aber er scherzt schon mit dem Hansi: «Eine tolle Sache, sag ich dir, so ein Notarztwagen! Das hätt ich mir auch nicht gedacht, daß ich da einmal mitfahren darf. Leider hab ich nix mitgekriegt ...»

«Weil du unbedingt hast schlafen müssen in diesem tollen Augenblick, du Hansdampf», lacht die Mutter.

Dem Hansi geht es auch wieder besser. «Hauptsache, daß du wieder aufgewacht bist, gell, Pappa!» sagt er.

Nach einer Woche darf der Pappa wieder heim aus dem Krankenhaus. Um das Unkrautvertilgungsmittel macht er nun einen großen Bogen.

«Das hätt ich nicht geglaubt, daß das Zeug so gefährlich ist und daß man gleich einen Herzkasperl davon kriegt», sagt er.

Und wenn der Onkel Manfred zum Kaffee kommt und auf die Giftspritzerei der Bauern schimpft, dann schimpft der Pappa einfach mit. «Recht hast, Manfred, das Giftzeug soll der Teufel holen!»

«Siehst, *Kare*, das hab ich dir immer gesagt!» gibt der Onkel Manfred dann an.

«Aber dein Rasierwasser soll er auch holen, der Teufel», stänkert ihn dann der Pappa an. Er tut so, als ob er wegen dem Rasierwasser vom Onkel dreimal niesen müßte, und hält sich zur Schau die Nase zu.

«Die werden sich hanseln, so lang sie leben», meint die Mamma.

«Was ist mit mir?» sagt der Hansi. «Ich hab HANSELN verstanden?»

«Ich hab gesagt, daß du Hansi heißt, so lang du lebst», sagt die Mamma und lacht.

So ist diese Geschichte noch einmal gut ausgegangen. Die Kornblumen, Mohnblumen, die Ackerwinden und all die anderen Pflanzen, die die Leute Unkraut nennen, die haben wieder Platz gefunden auf den Feldern vom *Gruaba*-Bauern.

«Immer noch besser, wie wenn das Zeug auf meinem Grab wächst», meint der Pappa vom Hansi.

Die Rosa-Kuh trägt

Wieso ...?

Was trägt die Rosa-Kuh ...?

Nur langsam. Immer der Reihe nach:

Die Mamma, der Pappa und der Hansi stehen an der Kuhstalltür.

«Ich glaub, mit der Rosa wird's nimmer lang dauern», sagt die Mamma zum Pappa.

Der Hansi schaut dumm und kennt sich nicht aus.

«Was dauert nimmer lang mit der Rosa, Mamma?»

«Ja, schau sie dir doch genau an, die Rosa-Kuh», mischt sich jetzt der Vater ein.

Die Rosa, das ist die rot-gescheckte Kuh gleich neben der Stalltür. Wer in den Stall hineingeht, der muß immer zuerst an der Rosa vorbei.

Der Hansi schaut sich die Kuh an. Es fällt ihm aber überhaupt nichts Besonderes auf.

Da hilft ihm die Mamma drauf: «Schau dir den dicken Bauch an von der Kuh, Hansi! Weißt, da drin, da wartet jetzt schon ein kleines Kalb. Das wird bald rauswollen, wenn's im Bauch von der Mutter keinen Platz mehr hat.»

«Echt wahr!» Auf einmal sieht's der Hansi selber. Einen solchen dicken Bauch hat die Rosa sonst nie! Die ist ja viel dicker als alle anderen Kühe im Stall! Am Futter kann's aber nicht liegen. Alle Kühe kriegen doch immer gleich viel zu fressen ...

«Ja, wie gibt's denn so was?» fragt der Hansi. «Wie kommt denn ein solches Riesenkalberl in den Bauch von der Rosa hinein?» Jetzt will er's genau wissen. Das interessiert ihn.

«Kannst dich nimmer erinnern, wie der Mann dagewesen ist», sagt der Pappa, «da hast doch du gemeint, das ist der neue Tierarzt ...»

Der Hansi kann sich schon erinnern. «Aber was hat denn der damit zu tun?»

«Das ist der Besamungswart gewesen, verstehst», sagt der Pappa.

«Wieso – Besamungswart?» Nichts versteht der Hansi, überhaupt nichts.

Aber die Mamma kennt sich anscheinend doch besser aus. «Der hat der Rosa-Kuh einen Samen reingepflanzt in den Bauch. Und der Samen ist dann gewachsen und gewachsen mitten in der Rosa ihrem Bauch ... Und jetzt ist halt das Kalb bald so groß, daß es raus muß, weil's wirklich hinten und vorn keinen Platz mehr hat. Und wenn's rauskommt, dann kommt's zur Welt, sagen wir, verstehst!»

Verstanden hat der Hansi alles. Aber komisch kommt ihm die Geschichte schon noch vor. Hört sich glatt an wie ein Märchen. Und Märchen sind ja bekanntlich nicht wahr. Drum möchte der Hansi schon noch ein bißchen mehr erfahren.

«Gell, Mamma, die Menschen-Kinder werden anders gemacht, oder?» fragt er.

Die Mamma lacht: «Das schon. Ein bisserl anders. Aber das erklär ich dir ein anderes Mal. Zuerst muß jetzt die Stallarbeit gemacht werden.»
Typisch! Immer wenn er was wissen will, dann hat kein Mensch Zeit! Der Hansi überlegt, wen er sonst noch fragen könnte. Es fällt ihm aber niemand ein.

Eine Woche später sitzen alle drei beim Abendessen. Der Pappa ist gerade fertig. Er steht auf, geht zum Fernseher und schaltet ein. «Nachrichten kommen – und für dich ist's Zeit fürs Bett, Hansi, ab durch die Mitte!»
Der Hansi denkt gerade drüber nach, was ihm für eine Ausrede einfallen könnte, daß er noch aufbleiben darf, da hören sie aus dem Stall eine Kuh muhen. So laut, daß der Pappa die Nachrichten nicht mehr versteht.
«Amuuuuuuhhh, amuuuuuuhhh, amuuuuuuhhh . . .»
Immer wieder: «Amuuuuuuhhh, amuuuuuuhhh . . .»
Alle horchen.
Für kurze Zeit ist es ganz still.
Aber dann geht's wieder los: «Amuuuuuuuhhh, amuuuuuuhhh, amuuuuuuhhh . . .»
Der Pappa steht auf. Er dreht den Fernseher aus. «Au-weh, ich glaub, das ist die Rosa, ausgerechnet jetzt, wo Nachrichten sind!»
«Die wird halt soweit sein», sagt die Mamma und geht hinaus, der Pappa gleich hinter ihr her.

Der Hansi merkt, daß er auf einmal allein dasitzt. «Pappa, Mamma», schreit er und rennt ihnen nach, «darf ich nicht zuschauen?»

Der Pappa bleibt stehen. Er schaut die Mamma an. Die Mamma hat anscheinend nichts dagegen. Sie sagt nichts und rennt weiter in Richtung Stall.

«Also gut, Hansi!» erlaubt's der Pappa. «Aber warm anziehen, gell, und im Weg darfst uns nicht stehen, ist das klar?»

«Logisch, Pappa!» Der Hansi rennt gleich los, um seinen Pullover zu holen.

Die Rosa schreit jetzt immer lauter. So als ob ihr was furchtbar weh tut.

«Amuuuuuuuuuuuuuhhh, amuuuuuuuuuuuuuuhhh . . .»

Schon steht der Hansi neben der Mamma im Stall. «Die Rosa-Kuh tut mir leid!» meint er.

«Red nicht, schick dich lieber, hol mir den Kälberstrick von dort drüben!» So schreckt der Pappa den Hansi auf und deutet auf einen Haken an der Stallwand, wo eine Menge Stricke hängen. Der Hansi schickt sich. Er ist voll da. Er reißt den erstbesten Strick vom Haken. Nichts wie zurück zum Pappa...

Gott sei Dank ist's der richtige Strick.

Der Pappa schiebt eine Hand in den Bauch von der Rosa-Kuh hinein. «Es kommt schon!» sagt er.

Die Mamma beruhigt die Rosa und redet ihr gut zu.

Und da, tatsächlich, kommt aus der Rosa ihrem Bauch

etwas Weißes zum Vorschein. Immer mehr. Der Pappa wickelt den Kälberstrick drumrum. Dann zieht er fest an. Ganz langsam. Ganz fest. Die Mamma muß ihm sogar noch helfen.

«Amuuuuuuuuuuuuuuhhh, amuuuuuuuuuuuuuuhhh ...»
Die Rosa-Kuh macht ganz schön was mit.

Da – jetzt sieht der Hansi auch, was das Weiße ist. Zwei Haxen sind's, die Haxen vom Kalberl. Der Pappa zieht mit der Mamma weiter ... und halt ... da ... das ist der Kopf ...

Das Kalb ist jetzt schon mit dem Kopf und mit einem Teil der Vorderbeine draußen, und dann geht's auf einmal so schnell, daß der Hansi gar nicht mehr mitkommt mit dem Schauen.

«Amuuuuuuuh, muh, muh ...» Die Rosa-Kuh wird schon ruhiger. Sie dreht sich herum.

Das Kälbchen liegt im Stroh, patschnaß und über und über voller Schleim.

Die Mamma bringt noch etwas Stroh, reibt damit das Kalb ein bißchen ab und schiebt es der Rosa hin. Nun steht es sogar schon auf seinen wackligen Beinen. Gespannt beobachtet der Hansi, wie die Kuh ihr Junges abschleckt. Es hat schon überall ein Fell, genauso scheckig wie seine Mutter. Nur nicht so glatt, es hat lauter kleine Locken.

Keiner sagt was. Sie stehen nur und schauen. Der Hansi schluckt. Irgendwie komisch: da rollen ihm so mir nichts, dir nichts zwei, drei, vier Tränen übers Ge-

sicht. Aber nicht, weil er traurig ist. Im Gegenteil. Der Hansi freut sich. Alles ist so gutgegangen. Und die Rosa-Kuh schreit nicht mehr.

«So, das wär's dann», sagt der Pappa und wischt sich die Hände an einem alten Handtuch ab.

Die Mamma legt ihren Arm um den Hansi. «Lieb, das Kalb, gell?»

«Ganz neugierig schaut's schon herum», meint der Hansi.

«Das wird sich denken: wo bin ich denn da reintappt», lacht der Pappa.

Später führt er das neue Kalb von seiner Mutter weg in einen kleinen abgetrennten Pferch. Er hat Angst, daß die Rosa-Kuh das Kleine in der Nacht erdrücken könnte. «Auch die Nachbar-Kuh könnte dem Kleinen gefährlich werden», meint er.

«Na, wie soll's denn heißen?» fragt die Mutter den Hansi. «Einen Buben-Namen brauchst aber, weil's ein Stier-Kalb ist!»

Der Hansi überlegt.

Dann fällt's ihm ein: «Helmut – Helmut soll's heißen!»

«Wie kommst denn auf die Schnapsidee?» fragt der Pappa.

«Weißt, wie der Onkel Helmut!» sagt der Hansi. «Dann haben wir ein Stier-Kalberl, das Helmut heißt, und der Onkel Helmut braucht uns nicht mehr besuchen, an Ostern und an Weihnachten!»

Der Hansi mag nämlich den Onkel Helmut nicht. Und

weil der Pappa ihn auch nicht besonders mag, lacht er bloß und sagt: «Von mir aus heißt es Helmut – aber nix dem Onkel sagen, sonst ist er gleich wieder beleidigt.»

«Logisch!»

Aber eins will der Hansi schon noch gern wissen vom Pappa. «Hat bei mir auch der Besamungswart der Mamma einen Samen eingepflanzt?»

«Bei den Menschen geht das ein bisserl anders.»

«Warum ist das bei den Menschen anders, und warum braucht man überhaupt einen Besamungswart, Pappa?»

Aber der Pappa bremst den Hansi: «Du, das erklär ich dir ein anderes Mal. Jetzt schau, daß du ins Bett kommst, ist eh schon so spät heut!»

Typisch. Echt typisch. Dabei möchte der Hansi unbedingt wissen, wie das funktioniert und was daran so geheimnisvoll ist. Und einen kleinen Bruder könnte er auch ganz gut brauchen. Schon lange wünscht er sich einen.

«Pappa, warum kommt denn kein Besamungswart zur Mamma, ich möcht . . .»

«Jetzt schau aber, daß du ins Bett kommst!» sagt der Pappa nur.

Warum lacht er so? Und warum schaut er die Mamma so komisch an? Und warum lacht die Mamma auch? Da soll sich ein Mensch auskennen. Die schicken den Hansi eiskalt ins Bett: «Keine Widerrede!»

Echt typisch! Kein Mensch erklärt einem was. Der Hansi nimmt sich fest vor, daß er sich das merkt. Fast ist er wütend. Wer vernünftig fragt, der muß auch eine vernünftige Antwort kriegen. So redet der Pappa immer, wenn ER was wissen will.

Aber der Hansi ist hundemüde. Er schläft mitsamt seiner Wut im Bauch ziemlich schnell ein. Und er träumt von einem Stier, der Helmut heißt. Und er träumt von seinem Bruder, der heißt ... nein – nicht Helmut! Franzi muß der Bruder heißen. Und der Helmut, der Franzi und der Hansi, die sind den ganzen Traum lang Freunde und trampeln die ganze Nacht über Wiesen und Felder und über Wiesen und über Felder und über Felder und über Wiesen und ... und ...

Eigentlich ist die Geschichte von der Rosa-Kuh und dem Kalb jetzt aus. Aber ein paar Wochen danach passiert etwas, das gehört noch unbedingt dazu.

Ausgerechnet der Onkel Helmut kommt zu Besuch. Und ausgerechnet der Onkel Helmut erklärt dem Hansi die Sache mit dem Besamungswart.

«Weißt, Hansi, das ist so: Zum Kinderkriegen gehören immer zwei – ein Mannderl und ein Weiberl. Ganz Wurscht, ob das jetzt Rindviecher sind oder Hühner oder Katzen oder Menschen. Ein Mann und eine Frau, ein Stier und eine Kuh, eine Katz und ein Kater, eine Henne und ein Gockel.

Bloß bei den Rindviechern, da gibt's amtliche Vorschriften, verstehst, daß die Kälber, die auf die Welt kommen, ganz gesund sind. Drum dürfen bloß ganz bestimmte Stiere zu einer Kuh hin. Und damit man den Stier nicht mit dem Auto von einer Kuh zur anderen fahren muß, von einem Bauernhof zum anderen und von einem Dorf zum anderen, deswegen wird der Besamungswart herumgeschickt. Der bringt den Samen von dem Stier in einem kleinen Glaserl zu der Kuh hin, die ein Kalb kriegen soll, und pflanzt ihn in ihren Bauch. Und der Bauer muß was zahlen dafür, verstehst! Manche Leute nennen den Besamungswart auch ‹Rucksackstier›, weil er den Samen in einem Rucksack oder in einem Koffer mitbringt ...»

Logisch. Das versteht der Hansi. Das ist ja ganz einfach.

Bloß eins versteht der Hansi nicht: «Warum haben mir das der Pappa oder die Mamma nicht erklären können? Vielleicht sollt ich's IHNEN einmal erzählen?»

Fremde Spuren

Im September sind die Felder abgeerntet und die Wiesen gemäht. Der Hansi kann wieder weit sehen, wenn er den Weg zum Sportplatz hinuntergeht, weil ihm kein Maisfeld, kein Kornfeld, nichts mehr die Sicht versperren kann.

Plötzlich erschrickt er. «Was ist denn da los?» Tiefe, breite Gräben ziehen sich quer über die Bachwiese. «Wird da vielleicht ein Flurbereinigungsweg gebaut?»

Er rennt hin und muß feststellen, daß das Spuren sind, Spuren wie von einer Planierraupe.

«Aber so viele – da und da und da, bis hinauf zum Haxenberg!»

Das muß er dem Pappa sagen. Das hat der Pappa bestimmt noch nicht gesehen. Und der Hansi rennt, was die Füße nur hergeben.

Aber der Pappa ist nicht daheim. «Zur Mühle gefahren mit dem Korn», sagt die Mamma. «Was ist denn los, was gibt's denn so Wichtiges?»

Der Hansi erzählt der Mamma, was er gesehen hat. Sie macht ein erschrockenes Gesicht – sie scheint zu wissen, was los ist. «Das gibt wieder Rennereien, bis wir da unsere Entschädigung kriegen. Gemeinde, Flurbegehung, Antrag. Omei, omei, omei!»

«Wieso, Mamma, wieso?»

«Das war schon vor ein paar Jahr einmal so schlimm. Da warst du noch nicht auf der Welt ...»

«Was denn überhaupt, Mamma, was denn?» Der Hansi wird ungeduldig. Er will gefälligst endlich auch wissen, was da los ist.

«Ein Manöver wird halt wieder sein, Hansi!»

«Manöver ...» Jetzt blickt der Hansi durch. «Panzer, Panzerspuren sind das, die Bundeswehr fährt kreuz und quer über die Felder!»

Das muß er seinem Freund, dem Franzi, sagen. Die Mutter redet und erklärt ihm zwar noch was, aber der Hansi ist längst unterwegs zu seinem Radl. Er schwingt sich auf den Sattel, und in einer Viertelstunde ist er in der Siedlung beim Franzi.

«Ich hab sogar schon welche gesehen», teilt ihm der Franzi ganz aufgeregt mit. «Die haben so ein geschekkertes Tarngewand angehabt und Tannenzweige auf dem Kopf.»

«Wieso – ist doch noch gar nicht Weihnachten», flachst der Hansi.

Der Franzi nimmt das ernst und will ihm lang und breit erklären, warum sich die Soldaten tarnen und daß sie nicht gesehen werden dürfen vom Feind und all den Krampf. Aber dem Hansi ist das längst bekannt ...

«Komm, fahren wir hin, die möcht ich mir schon einmal genauer anschauen!»

Logisch, daß der Franzi da mit will. Sie holen die Radln und fahren los. Zuerst in Richtung Bach, zum Renzenbach hinunter, von dem das Dorf seinen Namen bekommen hat.

«Überall Spuren, aber nirgends Panzer, nicht einmal einen Jeep kann man sehen!» Der Hansi ist enttäuscht.

«Vielleicht haben sie sich bloß so gut getarnt, daß wir sie nicht sehen können», meint der Franzi und reißt mißmutig einen Zweig von einem Haselnußstrauch.

«Vorsicht!» ruft ihm der Hansi zu. «Nicht daß du einem Soldaten den Kopfschmuck herunterreißt.»

«Das heißt nicht Kopfschmuck ...» will der Franzi den Hansi wieder belehren. Doch der hat sich schon aufs Radl gesetzt, um weiterzufahren.

«Auf geht's, weiter, komm, Franzi!» ruft er. «Wenn wir hier rumstehen, finden wir sie nie! Fahren wir zum Haxenberg, da hab ich auch schon Spuren gesehen!»

Aber der Franzi glaubt nicht, daß sich die Bundeswehrler dort versteckt halten.

«Wenn dort Spuren sind, heißt das höchstens, daß sie irgendwann dort gewesen sind, mehr nicht.»

«Also dann zum Dropsberg!»

«Das ist besser, glaub ich, also los!»

Der Dropsberg ist zum Teil bewaldet, und in Wirklichkeit heißt er nicht Dropsberg, sondern Trostberg. Dropsberg, das ist bloß der Spitzname, den die Kinder dem Berg gegeben haben, weil dort eine Ausflugsgaststätte steht, und an diesem Wirtshaus ist außen an der Wand ein Dropsautomat angebracht.

Also fahren sie in Richtung Dropsberg.

So vorsichtig fahren die beiden sonst nie. Nicht einmal auf der verkehrsreichen Bundesstraße. Und auch heute fahren sie nicht wegen der Verkehrssicherheit langsam. Vielmehr vermuten sie hinter jedem Busch einen Bundeswehrhauptmann oder einen mit Ästen und Laub getarnten Panzer. Aber nichts. Rein gar nichts!

«Vielleicht ist das Manöver schon aus», stöhnt der Hansi.

«Oder die sind schon weitergefahren», sagt der Franzi. Dann kommen sie zur Brücke, zur alten Steinbrücke, wo normalerweise kein Auto drüberfahren darf, weil sie sonst zusammenbrechen würde. Die ist schon über hundert Jahre alt, hat der Pappa dem Hansi erzählt. Die beiden Buben staunen nicht schlecht. Da steht dem Freilinger sein Mercedes auf der Brücke.

«Spinnt der!» ruft der Hansi.

Sie steigen beide ab und schieben ihre Radln am Mercedes vorbei über die Brücke.

«He!» Der Hansi sieht ihn zuerst.

«Menschenskinder, das gibt's doch nicht!» Jetzt hat ihn auch der Franzi gesehen, diesen riesigen Panzer an der gegenüberliegenden Brückenauffahrt.

Soldaten stehen herum. Und der Herr Freilinger. Und der Pappa vom Hansi, der hat seinen Bulldog mitsamt Anhänger hinter den Panzer gestellt. Und der Herr Schnabl vom Gemeinderat steht auch dabei, der hat sein Auto in die Wiese gefahren, rechts neben den Panzer. Und auch der Herr Weiß, der seinen Bauernhof

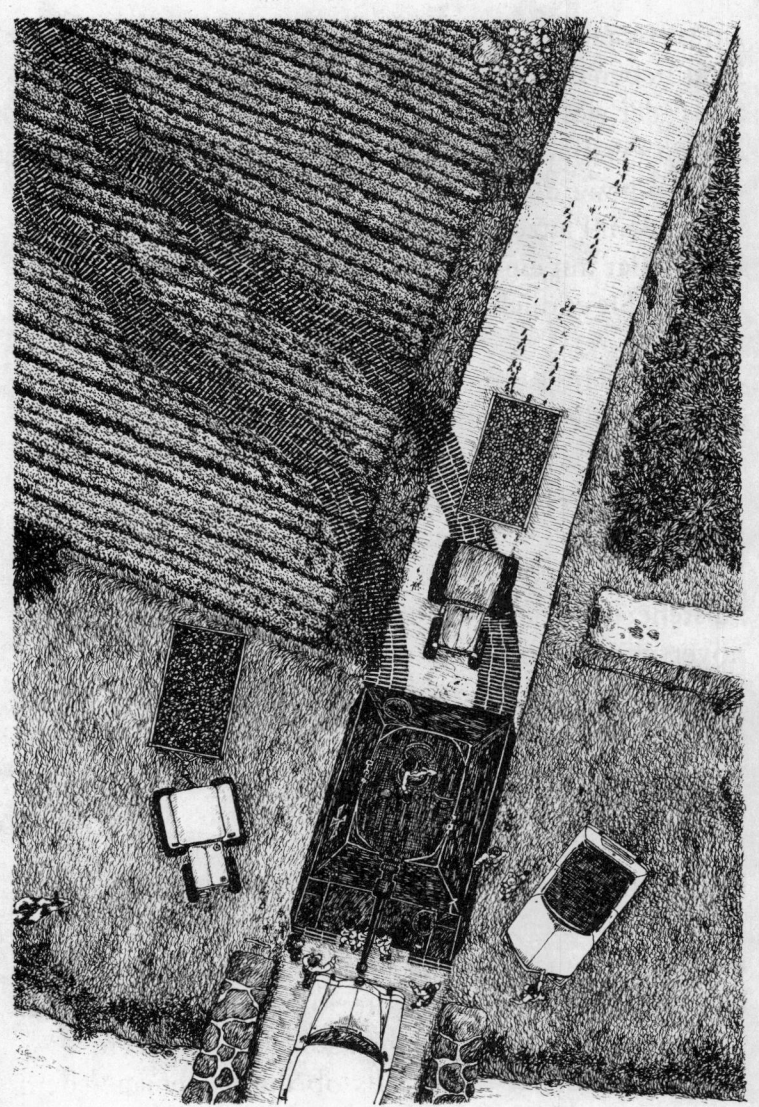

am Ortsrand hat, der hat seinen Bulldog mit Anhänger links neben dem Panzer abgestellt.

So ist der riesige Panzer ganz eingekeilt zwischen den beiden Personenautos und den beiden Bulldogs.

«Wie winzig die Autos und die Bulldogs ausschauen neben dem Panzer», flüstert der Franzi dem Hansi zu.

Ein Soldat mit einer Kappe wie ein Teller plärrt: «Jetzt machen Sie endlich den Weg frei, sonst garantier ich für nichts!»

«Nix da, wir lassen uns doch von euch Saubären nicht alles mutwillig kaputtmachen!» schreit der Pappa.

Der Soldat mit dem Teller auf dem Kopf wird feuerrot im Gesicht. «Das ist eine Beleidigung, das kann Sie teuer zu stehen kommen!»

Da mischt sich der Herr Weiß ein: «Was heißt da teuer zu stehen kommen! Glaubts ihr vielleicht, daß die Manöverschäden billig sind, ha?»

«Was meinen Sie, was so eine Brücke kostet», wirft der Herr Schnabl ein, denn der weiß, was Brücken kosten; wenn einer im Gemeinderat sitzt, dann muß er darüber Bescheid wissen.

Die beiden Buben stehen wie gebannt am Brückengeländer und warten, wie die Streiterei wohl ausgeht.

Ab und zu fetzen Düsenjäger im Tiefflug übers Dorf. So niedrig, daß man die Piloten drin sehen kann. Und so laut, daß die Männer und die Soldaten direkt schreien müssen, wenn einer verstehen soll, was sie sagen.

Manchmal schaut es aus, als ob die Düsenjäger dem

Panzer zu Hilfe kommen wollen. Wenn der Soldat den Männern droht, und gleich danach fliegt so ein Flieger über sie hinweg, dann ist das, wie wenn der Flieger das noch unterstreicht, was der Soldat gesagt hat, wie wenn der Flieger zu den Männern sagen wollte: «Seids still, ihr könnts überhaupt nicht an gegen uns!»

Nachdem sie eine Weile hin und her gehakelt haben, kommt plötzlich ein Jeep. Da hocken Bundeswehrler drin, die eine Polizeimütze aufhaben und am Arm eine Binde, auf der MP steht.

«Das heißt Militär-Polizei», belehrt der Franzi den Hansi.

Die Militärpolizisten grüßen recht freundlich.

Aus dem Panzer klettern jetzt noch drei Soldaten heraus. Alle zusammen erklären nun den beiden Polizisten, was los ist. Der eine hat ein Buch herausgezogen und schreibt allerhand hinein ...

Auf einmal ist Pause. Es gibt nichts mehr zu berichten. Alles ist vorgebracht.

Erwartungsvoll schauen alle auf die Polizisten. Die müssen sich vorkommen wie Schiedsrichter bei einem Fußballspiel.

«Jetzt beruhigen Sie sich bitte, wir haben alles notiert. Wenn Ihnen ein Schaden entstanden sein sollte durch unser Manöver, dann wird er selbstverständlich ersetzt. Und wenn der Schaden mutwillig von unseren Soldaten angerichtet worden ist, dann werden sie selbstverständlich bestraft ...»

Man sieht es dem Herrn Weiß an, daß er nicht zufrieden ist. Und auch der Pappa vom Hansi macht ein grantiges Gesicht. «Das können Sie jetzt leicht sagen – und wir müssen dann wieder eine Ewigkeit auf unser Geld warten!»

«Unsere Wiesen müssen wir auch wieder selber richten, da hilft uns kein Panzer ...» ergänzt ihn der Herr Weiß.

«Wie die kleinen Kinder müssen sich diese ausgewachsenen Soldaten in ihre Panzer hocken und im Kreis herumfahren!» schimpft der Herr Freilinger.

Aber der Herr Schnabl, der ja auch so eine Art Amtsperson ist, macht dann den Anfang. «Der Klügere gibt nach», sagt er, steigt ins Auto und fährt mit finsterem Gesicht weg.

Die anderen machen's ihm nach. Keine fünf Minuten und der Panzer ist wieder frei.

Er fährt aber nicht über die Brücke weiter, sondern folgt brav dem Polizei-Jeep auf dem Feldweg.

«Und – wie steht's mit dem Dropsberg?» fragt der Franzi.

«Hab eigentlich keine Lust mehr. Wir haben ja jetzt den Panzer lang genug angeschaut, oder?»

«Hast recht. Ich hab auch keine Lust mehr, fahren wir heim, das ist das Gescheiteste», meint der Franzi.

Daheim schimpft der Pappa noch viel über die Bundeswehr. «Die glauben glatt, daß sie machen können mit uns, was sie wollen! Unwahrscheinlich wichtig kommen die sich vor mit ihren komischen Uniformen!»

Aber nach vier Wochen redet beim *Gruaba* niemand mehr über die Soldaten und über das Manöver. Der Pappa scheint die Geschichte vergessen zu haben. Und die Mamma auch. Zumindest haben sie sie weit hinten im Hirnkastl vergraben.

Aber dann passiert doch noch etwas, das mit der Sache zu tun hat. Und diesmal geht es hauptsächlich den Hansi an.

Jedes Jahr im Herbst wird ein Bierzelt aufgestellt in Renzenbach. Außerdem gibt es ein Karussell, man kann Lose kaufen, auf Teddybären und Schraubenzieher schießen, Auto-Scooter fahren und vieles mehr. Ein richtiges kleines Volksfest also.

Das alles findet auf der großen Wiese neben dem Fußballplatz statt.

Und in diesem Jahr gibt es noch etwas Besonderes. Der Krieger- und Reservistenverein steht nämlich besonders gut zur Bundeswehr. Er hat sogar eine Patenkompanie, eine Abteilung der Bundeswehr. So wie der Onkel Manfred, der Taufpate vom Hansi, zu allen Geburtstagen eingeladen wird, so wird beim Krieger- und Reservistenverein die Patenkompanie eingeladen. Und diese Patenkompanie veranstaltet in diesem Jahr eine Waffenschau als Zusatzprogramm zum Volksfest.

Neben dem Bierzelt stehen ein Panzer, ein großer Lastwagen, ein Funkwagen und eine Kanone. Auch Maschinengewehre und Pistolen kann man anschauen und anfassen.

Das mit der Waffenschau hat sich bei den Kindern schnell herumgesprochen. Jeder sagt: «Nix wie hin, das müssen wir sehen!»

Der Hansi auch.

Aber der Pappa hat's gehört und sagt: «Nein, nein und noch einmal nein – du gehst da nicht hin, das verbiet ich dir!»

Der Hansi versteht das nicht. «Wieso denn, Pappa, dem Franzi sein Pappa geht sogar mit hin!»

«Das fehlt mir noch, daß ich da hingeh, nein, sag ich!»

«Du brauchst ja nicht hingehen, Pappa, ich geh ja allein!»

Aber der Pappa gibt nicht nach. Und die Mamma will's ihm auch nicht erlauben.

Der Hansi ist sauer. Er denkt daran, daß er einfach hingehen könnte ...

Aber er tut's nicht. Seine Eltern verbieten ihm nicht viel, wenn sie ihm aber was verbieten, dann traut er sich dann doch nicht, sie anzulügen. Das kann er einfach nicht.

Sauer ist er trotzdem. Und wie! Die anderen Kinder erzählen ihm nämlich in der Schule, wie pfundig das war auf der Waffenschau.

«In den Panzer haben wir hineinklettern dürfen!»

«Durchs Zielfernrohr von der Kanone haben wir schauen dürfen!»

«Die Pistole hab ich in der Hand gehabt und das Maschinengewehr auch, und mit Platzpatronen haben sie geschossen ...»

Der Hansi will's überhaupt nicht hören. Aber die sind gnadenlos – alles erzählen sie ihm viermal, fünfmal, sechsmal und öfter.

«Und der Bernhard ist von der Panzerkanone heruntergefallen, weil er Blödsinn gemacht hat, weil er nicht auf die Soldaten gehört hat. Den Haxen hat er sich gebrochen. Bewußtlos ist er gewesen. Ein Bundeswehrhubschrauber hat ihn ins Krankenhaus geflogen!»

«Mensch, war das toll!»

«Einmalig, sag ich dir, Hansi!»

Am Abend jammert der Hansi dem Pappa vor, was er alles versäumt hat bei dieser Waffenschau. Es fehlt nicht viel, und ihm kommen die Tränen.

Da erzählt ihm der Pappa, warum er nichts übrig hat für Waffen und all dieses Zeug.

Er erzählt ihm vom *Gruaba*-Opa – der Hansi weiß ja, daß der bloß ein Bein hat und daß er das andere im großen Krieg verloren hat. Er erzählt ihm von den Schmerzen, die der *Gruaba*-Opa immer noch hat, und was für ein Glück es ist, daß der Opa aus dem Krieg überhaupt heimgekommen ist und nicht tot ist. «So viel Leut haben sterben müssen. Kinder haben ihren Pappa nimmer gesehen, Frauen ihre Männer nimmer, Pappas und Mammas ihre Buben nimmer. Alles wegen dem Scheißkrieg.»

Und am Sonntag nach der Kirche lesen sie zusammen die Namen, die auf einer Marmortafel am Kriegerdenkmal aufgeschrieben stehen.

So viele Namen. Und viele davon kennt der Hansi. Das waren alles Leute aus Renzenbach.

«Da, das war der Pappa vom Herrn Freilinger, der ist irgendwo in Rußland begraben, niemand weiß genau wo.

Und da schau, Dobler, der Mann von der alten Frau Dobler im Kiosk, der Vater vom Lehrer Dobler.

Ganz links oben, das war der Pfarrer damals, den haben die eigenen Soldaten erschossen, weil er einem Feind hat helfen wollen.»

Der Hansi hat die Tafel schon öfter gesehen, hat sich aber nie was dabei gedacht.

Irgendwie versteht er jetzt schon, warum der Pappa was hat gegen die Panzer ...

Explosion im Schulbus

Vom Gruber-Hof bis zur Grundschule sind's ungefähr vier, fünf Kilometer. Zum Zufußgehen ist das viel zu weit. Drum werden alle Kinder, die so weit weg wohnen, vom Schulbus abgeholt.

Die Mamma und der Pappa sagen immer zum Hansi: «Mei, habt ihr das schön heutzutag!

So schön haben's wir nie gehabt – und wir haben doch genauso weit weg gewohnt; aber da hat's nix anderes gegeben als zu Fuß gehen, zu Fuß gehen und noch einmal zu Fuß gehen ...

Mei, habt ihr das schön heutzutag!»

Wenn der Hansi das hört, könnte ihm der Hut hochgehen, wenn er einen aufhätte. Da kann er richtig grantig werden. Dann will er seinen Eltern oft klarmachen, daß das Schulbusfahren das letzte ist, daß das Schulbusfahren einfach furchtbar ist, grausam!

Aber der Pappa und die Mamma wollen das nicht glauben. «Sei doch nicht so wehleidig, Hansi!» sagen sie nur. ‹Die sollten einmal selber jeden Tag mit dem depperten Schulbus fahren›, denkt der Hansi, ‹dann täten die schon spannen, wie schön das ist.›

Das ist nämlich jeden Tag ein Mordskampf. Jedes Mädchen und jeder Bub will einen Sitzplatz. Aber so ein Schulbus hat einfach nicht so viele Sitzplätze wie Kinder mitfahren.

Ja, und was heißt das?

Logisch: wer keinen Sitzplatz hat, der muß stehen. Die ganze Fahrt lang stehen.

In der Früh hat's der Hansi ja noch leicht, denn er ist einer von den ersten, die einsteigen. Da kriegt er immer einen Sitzplatz – meistens sogar einen Fensterplatz.

Beim Heimfahren klappt das bloß, wenn der Lehrer Dobler die Klasse ein paar Minuten eher hinausläßt.

Aber der Herr Dobler läßt sie meistens nicht eher hinaus. Er läßt sie meistens erst gehen, wenn es gegongt hat. Und dann ist es natürlich zu spät für einen Sitzplatz. So gibt es alle Tage den gleichen Kampf nach der Schule: rennen, drücken, schieben, raufen, kratzen, kreischen, plärren, spucken, fußstellen, hinschmeißen, hinfallen, beißen, reißen, weinen, alles auf einmal!

Der Hansi kommt oft so heim, daß seine Mamma meint, da ist ein Unfall passiert.

«Ja, Hansi, wie schaust denn du aus?»

«Ja, Hansi, bist vielleicht in ein Auto reingelaufen?»

«Ja, Hansi, ist was passiert mit dem Omnibus?»

«O mei, o mei, o mei!»

Eine zerrissene Strickjacke, ein Kratzer am Hirn, so tief, daß sogar zwei, drei Blutstropfen herauskommen, die Hose von oben bis unten voller Dreck – so kommt der Hansi nicht gerade selten von der Schule heim.

Und wenn er seine Hausaufgaben machen will und die Schultasche aufmacht, dann sieht er erst, was da drin alles kaputt ist: der Füller schreibt nicht mehr, ein Bleistift ist abgebrochen, Hefte und Bücher sind verknickt und weiß der Teufel, was noch alles.

Die Mamma war sogar schon einmal beim Lehrer deswegen und hat sich beschwert. Und andere Eltern haben sich auch schon beschwert.

Doch der Lehrer sagt immer nur: «Ja, mein Gott, da kann ich auch nichts machen, die dürfen sich halt nicht immer aufführen wie die Verrückten!»

Der hat leicht reden. Der hat ja jeden Tag einen bequemen Sitzplatz in seinem Auto. Da reißt ihm freilich keiner einen Haxen aus. Und sein Anzug bleibt auch sauber. Und einen Fensterplatz hat er sowieso.

Auch die Mädchen, die mit dem Schulbus fahren müssen, haben es nicht leicht, obwohl DIE wirklich selten raufen. Sie kriegen meistens nur einen Stehplatz, weil sie nicht stark genug sind, sich gegen die Buben durchzusetzen.

Und wer einen Stehplatz hat, der ist von vornherein verloren!

«Nicht bloß, daß er keine Aussicht hat», erklärt der Hansi den Eltern. «Nein – bei jedem Bremser, den der Busfahrer macht, mußt du dich wie ein Aff an der Stange festhalten, wennst nicht wie ein Düsenjäger mit dem Kopf voraus zum Fahrer vorfliegen und dir eine Riesenbeule ins Hirn hauen willst ...»

Der Hansi würde lieber mit dem Bulldog in die Schule fahren. Aber: «Da ist nix drin!» sagt die Mamma. «Ich glaub, du spinnst» oder «Was hat denn dich für ein narrischer Aff gebissen», so redet dann der Pappa.

Nicht einmal mit dem Radl darf der Hansi in die Schule fahren. Obwohl das viele Kinder aus seiner Klasse dürfen. Nein, da geben seine Eltern nicht nach. Denn da müßte der Hansi die Bundesstraße überqueren.

«Zu gefährlich», sagt die Mamma.

«Da sind schon so viele schlimme Unfälle passiert», sagt der Pappa.

Oft erwischt es bei diesen Unfällen auch Kinder. Der Bub vom Freilinger, vom Nachbarn, der ist vor ein paar Jahren mit seinem Radl unter einen Lastwagen gerutscht und überfahren worden. Der muß heute noch mit Krücken gehen, weil seine Beine kaputt sind und nicht mehr gesund werden.

Dabei erzählen sich die Leute, daß der Bub froh sein kann, daß er noch lebt ...

Also bleibt dem Hansi nichts anderes übrig als Schulbus fahren, Schulbus fahren und immer wieder Schulbus fahren. Und nichts anderes als weiterraufen, weiterkratzen, weiterdrücken, weiterschieben, weiterspucken, weiterbeißen, weiterreißen, weiterschlagen ...

Dabei ist der Hansi nicht unbedingt ein Streithansl. Der Hansi ist eher einer, der nachgibt und Streitereien lieber aus dem Weg geht. Der kann sich selber recht gut einschätzen, der weiß genau, daß er nicht der Stärkste ist.

Und trotzdem: es gibt Gelegenheiten, da geht's nicht anders …

Da gibt's in Renzenbach zum Beispiel einen Buben namens Fritz. Mit dem verträgt sich der Hansi überhaupt nicht. Immer wenn er mit dem zusammenkommt, gibt's Streit.

Den Fritz kann der Hansi nicht im geringsten leiden.

Und der Fritz kann den Hansi nicht im geringsten leiden.

Dabei müssen die zwei jeden Tag mit dem gleichen Schulbus fahren. Und leider ist der Fritz um einiges stärker als der Hansi – er geht ja auch schon in die sechste Klasse.

Eines Tages sagt der Hansi zum Fritz schlicht und einfach: «Trampel, Rindskanoppel!» Weil ihn der Fritz beim Einsteigen von der Omnibustür wegschubst.

Da haut der Fritz gleich so zu, daß dem Hansi die Nase blutet.

Von nun an geht der Hansi nicht mehr so nah an den Fritz heran. Und reden mag er auch nicht mehr mit ihm.

Höchstens aus sicherer Entfernung verspottet er ihn: «Angeber, Angeber!» oder «Stinkerter Dreckhammel!»

Also: die beiden sind richtige Feinde geworden …

Der Fritz hat eine Wut auf den Hansi.

Und der Hansi hat eine Wut auf den Fritz.

Da passiert es einmal, daß der Hansi beim Heimfahren im Schulbus einen Sitzplatz kriegt und der Fritz nicht. Er, der Fritz, der viel viel stärker ist, er muß stehen!

Den Fritz wurmt das. «Der kleine Hansdampf darf sitzen – wo gibt's denn so was!»

Und dann denkt sich der Fritz eine ganz große Gemeinheit aus. Er kramt eine Tintenpatrone aus seiner Schultasche, legt sie auf den Boden und tritt sie mit dem Fuß auf. Dann drängt er sich in die Nähe vom Hansi und steckt sie ihm hinten in den Hemdkragen ...

Der Hansi spürt was im Genick, langt nach hinten, schaut seine feuchte Hand an.

«Alles blau, alles voller Tinte! Verdammte Sauerei! Was ist das für ein Misthund gewesen!» schreit er.

Er dreht sich um, sieht den Fritz und weiß sofort, was los ist.

«Ich weiß genau, warum du so dreckig lachst!» brüllt er ihn an.

Die anderen Kinder werden nun auch alle aufmerksam. Sie lachen, weil der Hansi ganz blau ist im Gesicht und am Hals und an den Händen.

Das macht den Hansi nur noch wütender. Er wird auf einmal so zornig, wie ihn noch nie einer gesehen hat. Mitten im Schulbus explodiert der Hansi.

«Misthund!» schreit er noch einmal und springt von seinem Sitzplatz auf, dem Fritz entgegen. «Gemeiner Kerl, gemeiner!»

Der Hansi schreit wie verrückt und reißt den Fritz zu Boden.

Damit hat der Fritz nicht gerechnet. Der Überraschungsangriff vom Hansi trifft ihn völlig unerwartet. Beide Buben wälzen sich auf dem Busboden. Einmal ist der Hansi oben, dann wieder der Fritz. Es ist ein verbissenes Ringen, die beiden schenken sich nichts. Viel zuviel Wut hat sich in der letzten Zeit angesammelt.

Während der Bus schon fährt, stehen immer mehr Kinder auf und wollen sehen, was da los ist. Sie fangen an zu schreien. Die einen halten zum Hansi, die anderen zum Fritz. Die einen schreien, wenn der Hansi wieder einen Schlag angebracht hat, die anderen kreischen, wenn der Fritz zugeschlagen hat.

«Sauber, Hansi, so ist's recht!»

«Vorwärts, Fritz, zeig's ihm!»

Plötzlich bremst der Busfahrer scharf ab. Viele Kinder fliegen nach vorn. Manche halten sich gerade noch fest und schauen erschrocken zum Busfahrer.

Aber der Fritz und der Hansi merken nichts. Sie raufen weiter, bis der Busfahrer die Geduld verliert.

«Ihr verdammten Streithanseln!» schimpft er, steht auf, packt die beiden Buben mit zwei festen Fäusten am Kragen und schleift sie nach vorn. Dort läßt er sie los, öffnet die Bustür und schreit: «Ab mit euch, wer im Bus herinnen rauft, der kann auch zu Fuß gehen!»

Dann wirft er ihnen noch die Schultaschen nach, schließt die Bustür und fährt weiter.

Irgendwie ist es komisch. Der Hansi und der Fritz sitzen am Straßenrand auf der Erde. Sie schauen sich an – und müssen lachen.

Von diesem Tag an sind die beiden nicht mehr ganz so verfeindet. Von diesem Tag an haben sie etwas gemeinsam: Der Busfahrer hat sie beide aus dem Bus geschmissen – so was kommt nicht oft vor!

Aber befreundet sind die beiden deshalb noch lange nicht. Der Hansi kann es dem Fritz nicht so einfach vergessen, daß der ihm eine Tintenpatrone in den Kragen geschoben hat. Und der Fritz kann es dem Hansi nicht so einfach vergessen, daß der ihn so angesprungen und zu Boden gerissen hat – mitten im Bus vor allen Kindern.

Schuld aber ist eigentlich der depperte Schulbus. Wenn der Hansi nicht jeden Tag mit dem blöden Kasten fahren müßte, dann käme er nicht jeden Tag mit dem Fritz zusammen, und wenn er nicht jeden Tag mit dem Fritz zusammenkäme, hätte er im Leben noch nie mit jemandem gerauft ...

Wer's glaubt!

Die Tante Marianne und ihr Hühner-KZ

Die Schwester von der Mamma heißt Marianne. Die Brüder von der Mamma heißen Martin und Manfred.

Anscheinend sind den Eltern von der Mamma, dem Peinkofer Opa und der Peinkofer Oma, nur Vornamen eingefallen, die mit MA anfangen. Wieso heißt die Tante sonst MArianne und der Onkel MArtin und der andere Onkel MAnfred?

Zum Glück hat der Pappa vom Hansi auch Geschwister. Und zum Glück haben die Eltern vom Pappa, die Gruber Oma und der Gruber Opa, sich nicht auch Namen ausgedacht, die mit MA anfangen. «Das wär ja furchtbar, wenn die ganze Verwandtschaft Vornamen mit MA hätt!» sagt der Hansi.

Aber eigentlich ist ihm das völlig gleich. Von ihm aus könnte der Onkel Herbert auch Matthäus heißen. Hauptsache, er ist nett.

Übrigens: die beiden Brüder vom Pappa heißen Herbert und Helmut, und seine Schwester heißt Herta. Wem fällt da nichts auf?

Die Tante Marianne wohnt in Brennhardswald. Das ist das Nachbardorf von Renzenbach.

Von *Renzabooch* bis *Brennadswol* (wie die Leute sagen) sind es ungefähr sieben, acht Kilometer. Wenn irgendwas los ist, irgendwas Besonderes, ein Fest oder so – Weihnachten, Ostern, Geburtstag von der Tante Marianne oder Fahnenweihe vom Schützenverein –, dann fahren der Hansi, der Pappa und die Mamma zusammen nach Brennhardswald und besuchen die Tante Marianne.

Einmal ist der Hansi sogar schon mit dem Radl zur Tante Marianne gefahren. «Da ist überhaupt nix dabei», meint er.

Aber so gut gefällt es ihm bei der Tante Marianne auch wieder nicht, daß er öfter hinfahren möchte.

Dabei freut sich die Tante Marianne immer ganz wahnsinnig, wenn der Hansi kommt. Dann wischt sie sich die Hände an der Küchenschürze ab, bückt sich runter zu ihm und busselt ihm das ganze Gesicht naß.

«Mein lieber Hansi, mein lieber Hansi», sagt sie dabei immerzu. Und sie merkt nicht, daß der Hansi das Küssen nicht mag. Und wenn er sich auch noch so oft abwendet, sie merkt's einfach nicht.

Er bräuchte zwar bloß zu sagen: «Du, Tante Marianne, das Abbusseln mag ich nicht!»

Aber er traut sich nicht. Er hat Angst, daß er ihr weh tut damit.

Und immer gibt's unheimliche Mengen zu essen bei der Tante Marianne. Sie ist eine gute Köchin. Und ein bißchen sieht man's ihr auch an.

«Wirst recht schön mollig», sagt die Mamma öfter mal zu ihr. Aber das macht ihr nichts aus. Die Tante Marianne kann sogar über sich selber lachen ...

«... und das können nicht viel Leut!» sagt der Pappa.

Am meisten freut sich die Tante Marianne, wenn sie schon zum Mittagessen kommen.

Da gibt es entweder Schweinebraten mit Semmelknödeln und Sauerkraut oder Sauerkraut mit Semmelknödeln und Schweinebraten oder Semmelknödel mit Sauerkraut und Schweinebraten ...

«Weil's der *Kare* so gern mag», sagt die Tante Marianne.

Und das stimmt auch. Der Pappa mag nichts lieber! Auch dem Hansi schmeckt manchmal so ein Schweinebraten und die Knödel auch und das Sauerkraut auch.

Manchmal!

Aber nicht immer und immer wieder.

Und wenn das Fleisch recht fett ist, dann ißt er sowieso bloß die Knödel und das Sauerkraut.

«Verhungern hat noch keiner müssen bei mir!» ruft die Tante Marianne und bringt schon bald nach dem Mittagessen Kaffee und Kuchen auf den Tisch: Kirschtorte oder Sandkuchen, Apfelkuchen oder Erdbeerkuchen oder Obstkuchen mit halbierten Pfirsichen drauf, Streuselkuchen oder Zopf oder Käsekuchen ...

Der Pappa macht dann meistens ein abweisendes Gesicht. Kuchen mag er nicht, und Kaffee mag er jetzt auch nicht. Und mit einem Eis mit Sahne und Bananen, da kann man ihn verjagen. Auch wenn obendrauf ein Schnaps geschüttet wird. Eis, das ist was für den Hansi!

Dem Pappa bringt die Tante Marianne dafür noch eine Halbe Bier und eine kleine Brotzeit – oder eine große –, je nachdem, wieviel er mag.

Und so sitzen sie und sitzen – oft, bis es finster ist.

«Mir ist das viel zu langweilig», sagt der Hansi und geht hinaus. Das kann er nicht aushalten. Immer nur dahocken, immer nur essen und zwischendurch aufs Klo gehen. Das ist ja zum Verrücktwerden. Stinklangweilig.

Aber was soll er denn draußen anfangen?

Bei der Tante Marianne ist es lange nicht so schön wie daheim, rund um den Gruber-Hof.

Auch stinklangweilig ...

Vielleicht nicht gar so schlimm wie drinnen. Aber schlimm genug. Niemand da, mit dem man spielen könnte. Kein Freund, keine Freundin, nichts.

Nicht einmal einen richtigen Bauernhof hat die Tante Marianne. «Hühnerfarm» sagt sie selber dazu.

Und die Hühnerfarm, das ist nichts anderes als ein riesiger Stall aus grauem Beton. Nicht mal verputzt ist das Ding und fast so lang wie ein Fußballplatz.

Drinnen sind nebeneinander und übereinander lauter kleine Abteilungen – nicht viel größer als ein Schuhkarton. Gerade so groß, daß ein Huhn darin Platz hat.

So viele Hühner! So viele Hühner!

Eine Henne neben der anderen ...
Eine Henne über der anderen ...
Und kein Fenster im ganzen Stall, nur künstliches Licht.
«Da legen sie besser», sagt die Tante Marianne, «alles ist bestens erforscht und genau geplant.»
«Die Hühner sind nix andres als Legemaschinen», sagt der Pappa, «die ganze Hühnerfarm ist nix andres als ein Hühner-KZ!»
KZ – so nennt man ganz schlimme Gefängnisse. Da hat man viele, viele Leute eingesperrt, die nichts verbrochen hatten; sie haben nur der Regierung nicht gepaßt. Man hat ihnen dort alles weggenommen, was sie besessen haben, und hat sie oft schlimm gequält oder gar umgebracht. Viele haben ganz schwere Arbeit leisten müssen, bis sie todkrank umgefallen sind.
«Hühner sind auch Lebewesen, so was macht man nicht, das ist eine Gemeinheit, so ein enger Käfig ...» Der Pappa schimpft oft drüber. Auch vor der Tante Marianne. Und auch, wenn sie es gar nicht gern hört.
Der Hansi findet es auch schlimm. Er hat sich die kleinen Hennen mal angeschaut. Viele haben ganz nackte, wundgescheuerte Flügel – ganz ohne Federn, dafür mit blutigen Stellen. Das ist ihm so im Gedächtnis geblieben, daß er ein paarmal scheußlich davon geträumt hat. Ein Traum war so: Er war eine Henne und war in so eine kleine Schachtel eingesperrt, und nie hat er rausdürfen, hat nur immer fressen sollen und Eier legen ...

An dem Tag ist er dann in der Früh ganz gern in die Schule gegangen. Froh, daß er aus dem Bett und aus dem Traum rausdürfen hat.

Aber die Tante Marianne sagt immer: «Ich leb doch von der Hühnerfarm – ohne die ganze Technik müßt ich den Bauernhof aufgeben.»

Alle paar Tage kommt ein großer Lastwagen. Der holt die vielen vollen Eierkartons ab. Dafür läßt er viele leere Schachteln da. Die Tante Marianne verdient viel Geld damit. So viel Geld, daß sie selber kaum noch Arbeit mit den Viechern hat. Sie kann Leute bezahlen, die für sie diese Arbeit machen, und hat immer noch genug Geld für sich übrig.

Früher hat die Tante Marianne auch einen richtigen Bauernhof gehabt, mit Kühen, Schweinen und Hühnern, die draußen haben rumlaufen dürfen.

Früher – ja, früher, da hat sie auch noch Wiesen und Felder gehabt. Und einen Mann hat sie gehabt. Aber der ist mit einer anderen Frau auf und davon und hat sich nie wieder blicken lassen, und die Tante Marianne ist allein dagehockt.

Und für eine alleinstehende Frau ist ein Bauernhof einfach zuviel – zuviel Arbeit.

«Ich könnt unsern Hof auch nicht allein durchbringen», sagt die Mamma vom Hansi immer wieder, wenn sie über diese Geschichte sprechen.

Die Tante Marianne hat damals alle Felder, alle Viecher und alle Maschinen einfach verkauft.

Und mit dem Geld, das sie gekriegt hat, hat sie sich dann die Hühnerfarm angeschafft.

Und jetzt hat sie sogar viel mehr Geld als die Mamma und der Pappa vom Hansi.

Jetzt hat sie einen Farbfernseher.

Jetzt hat sie lauter neue Möbel.

Jetzt hat sie ein schönes, großes, vornehmes Auto.

Jetzt kann sie sich alles kaufen, was sie nur will: fast alles!

Sogar einen Urlaub kann sie sich leisten einmal im Jahr; sie war schon in Italien, auf Teneriffa und in Paris. Und nächstes Jahr will sie sogar nach Amerika.

«Schon pfundig, wenn man so viel Geld hat», sagt der Hansi zum Pappa.

Die Tante Marianne geht noch weiter, die sagt klipp und klar zum Pappa: «Sei doch nicht so blöd! Mach's wie ich, verkauf dein ganzes Geraffel! Bau dir einen Hühnerstall, vollautomatisiert... Oder halt bloß noch Sauen! Heutzutag muß man sich spezialisieren, sich für eine einzige Sache entscheiden – alles andere ist ein Krampf!»

Aber da kommt sie beim Pappa gerade an den Rechten: «Ich möcht ein Bauer bleiben – und ein Bauer, der muß seine Viecher und seine Felder gernhaben, der darf nicht sein Geld mit so einer Tierquälerei verdienen. Ein Bauer ohne seine Felder und ohne seine Viecher, der ist kein Bauer, der ist fast bloß noch ein Maschinist, der eine Maschine bedient. Da kann ich gleich in die Fabrik gehen, wenn ich so ein Hansdampf sein will ...»

«Also bin ich ein Hansdampf?» fragt die Tante Marianne.

«Was sonst?» gibt ihr der Pappa zur Antwort und nimmt noch einen Schluck.

Die Tante Marianne wird grantig: «Du bringst es nie zu was, du sturer Krauterer, du Bauernbüffel, du, du, du ...»

Weiter fällt ihr nichts mehr ein. Jetzt ist Tante Marianne beleidigt.

Und die Mamma muß den Pappa am Ärmel zupfen, daß er still ist und nicht zu streiten anfängt. Das ist gefährlich bei ihm, wenn er drei, vier Halbe Bier getrunken hat.

Aber meistens ist er dann schon still, wenn ihm die Mamma ein Zeichen gibt. Dann fahren sie alle drei wieder heim – natürlich erst nach dem Abendessen – sonst wäre die Tante Marianne erst recht beleidigt.

Doch dann dauert es bestimmt drei, vier Monate, bis sie wieder hinfahren zur Tante Marianne.

«Weil der Pappa so ein Hirsch ist und immer wieder mit dem Hühner-KZ einen Streit vom Zaun bricht», sagt die Mamma.

‹Das macht nix›, denkt der Hansi, ‹daheim gefällt mir's sowieso viel besser ...›

Obwohl er schon gern vor dem Farbfernseher hocken würde oder nach Amerika mitfahren oder nach Paris oder nach Teneriffa ans Meer oder weiß der Teufel wohin.

Trotzdem ist er froh, daß der Pappa den Bauernhof so lassen will, wie er jetzt ist, weil er immerzu an die Hühner mit den nackten, wundgescheuerten Flügeln in ihren engen Käfigen denken muß.

Eine kleine Welt wird kleiner

Der Hansi liegt auf dem Bauch im kniehohen Gras. «Du träumst mit offenen Augen», würde seine Mamma sagen, wenn sie ihn jetzt sähe.

Aber sie sieht ihn nicht. Niemand kann ihn jetzt sehen. Höchstens die Heuhupfer. Und träumen tut er auch nicht. Alles, was er sieht, ist Wirklichkeit. Er legt den Kopf ganz flach auf den Boden und stellt sich vor: die Wiese ist ein tiefer, undurchdringlicher Urwald. Die Grashalme sind riesige Urwaldbäume. Die Käfer, die er sieht, sind Raubtiere. Die Würmer sind Schlangen. Tausend Jahre alt oder älter muß der Wald schon sein. Der Hansi bahnt sich den Weg durch undurchdringliches Dickicht mit einem großen Buschmesser.

Sein kleines Taschenmesser fällt einige Grashalme.

‹Für die kleinen Tiere hier muß das eine riesige Welt sein›, denkt der Hansi, ‹vielleicht ist unsere große Welt auch irgendwo auf einer riesigen Wiese untergebracht. Vielleicht liegt dort auch einer im Gras und denkt sich was. Und vielleicht ist dem seine Welt auch wieder in einer noch viel größeren Wiese drinnen. Vielleicht gibt es viele, viele Welten, die sich nur dadurch unterscheiden, daß sie verschieden groß sind ...›

Da hört der Hansi einen Bulldog. Er fährt hoch. Es ist der Pappa. Er will die Wiese heute mähen, hat er gesagt, weil er Heu braucht.

Am Abend ist die Wiese flach, und es riecht nach frischem Gras. So wie es in einer Waldlichtung nach Holz und Harz riecht, wenn die gefällten Bäume noch daliegen.

Später hockt der Hansi mit seinen Eltern beim Abendbrot und gräbt ein Loch in seinen Vanillepudding. Da hinein schüttet er Himbeersaft.

Der Pappa ißt. Die Mamma ißt. Es wird nichts gesprochen.

Der Hansi baut mit dem Löffelstiel eine Straße vom Tellerrand bis zum Himbeersaftsee ...

Da bricht der Pappa das Schweigen. Er redet zur Mamma. «Hast schon gehört, daß die neue Bundesstraße direkt unterhalb von unserem Hof vorbeigehen soll?»

Die Mutter wundert sich. «Zuerst hat's doch geheißen, daß sie unten am Bach entlang gebaut wird, also auf den Autokrach bin ich nicht grad scharf!»

«Im Gemeindebüro liegt ein neuer Plan aus, der alte ist geändert worden, weil der Boden unten zu sumpfig ist, oder was weiß ich. Der Krach wär ja nicht das Schlimmste, aber die wollen uns einen Grund abkaufen, die oberen Felder wollens!»

«Aber die brauchen wir doch ...»

«Eben – ohne die Felder geht's uns an den Kragen, da müssen wir unsern Bauernhof aufgeben!»

«Oder – eine Hühnerfarm, wie die von Marianne», sagt die Mutter zaghaft.

«Kommt ja überhaupt nicht in Frage – die kriegen unsere Felder nicht: Schluß. Aus. Äpfel. Amen.»

In der nächsten Zeit kommen immer wieder Männer mit Landkarten und Plänen zum Pappa auf den Hof. Sie wollen tatsächlich Felder kaufen. Und der Pappa will ums Verrecken keine hergeben. «Dann werden Sie einfach enteignet», schreit eines Tages einer dieser Männer.
«Pappa, was heißt ‹enteignet›?» fragt später der Hansi.
«Einfach nehmen wollen sie's uns», erklärt ihm der Pappa.
«Aber das geht doch nicht, das dürfen die doch nicht», ruft der Hansi entrüstet, «das dürfen die doch nicht!»
«Die dürfen alles», meint der Pappa traurig.
Und tatsächlich, einige Zeit später muß der Pappa nachgeben. Er verkauft die Felder und bekommt dafür zwei Ersatzfelder angeboten, die er auch nimmt, obwohl sie kleiner und weiter vom Hof weg sind und einen schlechteren Boden haben. «Was bleibt uns anderes übrig», meint er, «die haben mehr Kraft als wir kleinen Leute . . .»
Bald rücken auch die ersten Baumaschinen an. Die neue Bundesstraße wird viel, viel breiter. Sie hat auch kaum noch Kurven. Ganz gerade läuft sie dahin. Wo Täler sind, werden sie aufgefüllt. Wo Hügel sind, werden sie abgetragen.

Die Maschinen sind riesengroß.

Die Maschinen können alles.

Bis zur alten Bundesstraße, die winzig ausschaut gegen die neue, geht der erste Bauabschnitt.

Der nächste Bauabschnitt beginnt mit einer Brücke über die alte Bundesstraße und führt dann direkt unterm Gruber-Hof vorbei. Aber das hat noch Zeit. Vorläufig wird nur bis zur Brücke hin ausgebaut ...

Für die Kinder wird die große Straßenbaustelle erst immer nach fünf Uhr interessant. Um fünf Uhr hören die Arbeiter auf. Ab fünf Uhr gehört die Baustelle den Kindern.

Der Hansi und der Franzi werden dann Baggerführer und Planierraupenfahrer. Obwohl es natürlich die meisten Eltern streng verboten haben – auch die vom Hansi haben irgendwann so nebenbei gesagt: «Geh nicht zur Baustelle, Hansi!»

Aber das hätten sie jeden Tag sagen müssen, dann hätte es vielleicht geholfen, der Hansi ist nämlich manchmal sehr vergeßlich. Es gibt einfach viel zuviel zu sehen: Maschinen, die größer sind als Häuser. Maschinen, von denen allein die Reifen höher sind als der Bulldog vom Pappa.

Bagger, die mit EINEM Greifer einen normalen Lastwagen volladen können.

«Wenn jeder von uns beiden eine solche große Maschine hätte, dann könnten wir den Dropsberg in einem Monat dem Erdboden gleichmachen!» meint der

Franzi und klettert auf eine der riesigen Erdbewegungsmaschinen.

Der Hansi klettert ihm nach auf das gelbe Ungetüm. Die Tür zur Fahrerkabine ist offen. Sie setzen sich in den Fahrersessel. Zusammen packen sie das riesige Lenkrad.

«... bobobobobobobo bobobobobobobobobob bobobobobo und in einem halben Jahr könnten wir alle Hügel und Berge wegschaufeln bis nach *Brennadswol,* mitsamt den Wiesen und mitsamt den Wäldern, bobobobobo bobobobobobo ...» sagt der Hansi und macht den Motor einer großen Maschine so laut nach, daß er die ganze Innenscheibe voll Spucke spritzt.

Das kann der Franzi auch: «... bobobobobobobo bobobobobobobobobobobobo und noch einen Monat, dann könnten wir jeden See, jeden Weiher zuschieben, den Haxenberger Weiher, den Katzenzwinger Weiher, den Silberweiher, bobobobobo bobobobobobo bobobobobo ...»

An der Scheibe läuft schon die Spucke herunter.

«... bobobobobo bobobobobo und noch ein halbes Jahr, oder vielleicht ein ganzes, dann könnten wir die Hügel und Berge im ganzen Land abtragen ... bobobobo bobobobobo bobobobo ...» denkt der Hansi weiter.

«... bobobobo bobobobobo bobobobobo und mit der Erde und mit den Steinen könnten wir alle großen

Seen und vielleicht sogar ein Stück vom Meer zufüllen … bobobobobobo bobobobobobo bobobobobobo-bo …» fährt der Franzi fort, und an seinen Lippen hängt die Spucke.

Die beiden sind jetzt so richtig in Fahrt. Einen echten Maschinenrausch haben sie. Einen direkten Größenwahn.

«Also normalerweise müßten wir beide mit solchen Maschinen die ganze Welt einebnen können, was meinst, Hansi, alle Berge weg, alle Meere zufüllen», überlegt der Franzi.

Aber inzwischen ist es dunkel geworden. Die beiden kommen wieder zurück in die Wirklichkeit, als sie das merken. Sie steigen von der Maschine herunter.

«Wie lange das wohl dauern tät?» fragt der Hansi mehr sich selber als den Franzi und hebt sein Radl vom Boden auf.

«Was …?» will der Franzi wissen.

«Bis wir die ganze Welt weggeschaufelt haben …»

«Höchstens fünf Jahre!» Der Franzi ist sich seiner Sache sicher.

Ein bißchen später, auf dem Heimweg, als der Hansi allein über den Feldweg zum *Gruaba*-Hof fährt, fällt ihm auf, wie wenig Schmutz und Dreck hier liegen im Vergleich zur Baustelle. Er hört Grillen zirpen, Frösche quaken und bleibt mit dem Fahrrad stehen und starrt in die Dunkelheit.

‹Und wie lang wird das dauern, bis wieder was wächst,

bis wieder Tiere kommen, wenn alles eingeebnet und weggeschaufelt wird . . .› denkt er und erschrickt ein bißchen. ‹Auf so einer Straßenbaustelle zu spielen ist schon schön – aber irgendwann wird es langweilig, und dann, wenn die Straße geteert ist, dann darf man nicht mal mehr mit dem Radl drauf fahren . . .› Er denkt auch daran, wie gern er im Sommer auf der Wiese liegt, im Wiesenurwald.

Allmählich friert es ihn. Er schüttelt sich und besinnt sich darauf, daß er ja heim muß.

Daheim schimpfen sie ihn.

«Weißt du, wie spät es ist . . .!?» Pappa und Mamma haben sich Sorgen gemacht. «Zehn Uhr ist es schon . . . Hansi!»

Er mag nichts mehr zum Abendbrot, wäscht sich und fällt ins Bett. Mit offenen Augen liegt er da. Er sieht den *Gruaba*-Hof, Renzenbach, den Dropsberg, den Haxenberg, den Bach, die Felder, die Wiesen, den Wald . . .